A ACUSAÇÃO

BIBLIOTECA AZUL

BANDI

A ACUSAÇÃO

HISTÓRIAS PROIBIDAS VINDAS DA COREIA DO NORTE

Tradução: Rogerio Galindo

BIBLIOTECA AZUL

Publicado originalmente na Coreia do Sul por Chogabje.com
Direitos de tradução negociados por Barbara J. Zitwer Literary Agency and SalmaiaLit

Texto fixado conforme as regras do Acordo Ortográfico de Língua Portuguesa
(Decreto Legislativo no 54, de 1995).

Título original: *Gobal/ The Accusation: Forbidden Stories From Inside North Korea*

Editora responsável: Erika Nogueira
Editora assistente: Luisa Tieppo
Revisão: Luara França e Roberto Jannarelli
Diagramação: Douglas Kenji Watanabe
Capa: Peter Dyer
Imagens de capa: © iStock

CIP-BRASIL. CATALOGAÇÃO NA PUBLICAÇÃO
SINDICATO NACIONAL DOS EDITORES DE LIVROS, RJ

B169a
Bandi
A acusação : histórias proibidas vindas da Coreia do Norte / Bandi ; tradução Rogerio Galindo. - 1. ed. - Rio de Janeiro : Biblioteca Azul, 2018.
232p. ; 21 cm.

Tradução de: The Accusation: Forbidden Stories From Inside North Korea
Inclui posfácio
ISBN 9788525065506

1. Conto norte-coreano. I. Título.

18-47193 CDD: 895.7
CDU: 821.531

1ª edição, 2018

Direitos exclusivos de edição em língua portuguesa, para o Brasil adquiridos por
Editora Globo S.A.
Rua Marquês de Pombal, 25
20.230-240 – Rio de Janeiro – RJ
www.globolivros.com.br

SUMÁRIO

NOTA DOS EDITORES

A HISTÓRIA DO MANUSCRITO COREANO a partir do qual se originou esta tradução está relatada minuciosamente nos dois posfácios desta edição. Para proteger a identidade do autor, alguns detalhes foram modificados. Além da avaliação apresentada nos textos, os editores não detêm outras informações sobre as origens de *A acusação*, mas acreditam que esta seja uma obra importante de literatura clandestina norte-coreana e um retrato único da vida sob uma ditadura totalitária.

À GUISA DE PREFÁCIO

(Poema incluído no manuscrito original
de *A acusação*, com esse título)

Aquele velho homem da Europa com sua barba hirsuta
Disse que o capitalismo é um reino de trevas
E que o comunismo é um mundo de luz.

Eu, Bandi, deste chamado mundo de luz,
Fadado a brilhar apenas em um mundo de escuridão,
Denuncio frente ao mundo inteiro
Esta luz que é na verdade abismal escuridão
Negra como noite sem luar ao final do ano.

— Bandi

RELATO DE UMA DESERÇÃO

SANGKI, SOU EU, IL-CHEOL. Sento agora para escrever este relato de minha deserção. Você se lembra do *Relato de uma fuga*, que Choi Seo-hae escreveu nos anos 1920? Mas agora estamos em 1990, mais de cinquenta anos desde que nossa pátria foi libertada do colonizador japonês — e, ao contrário de Choi, fujo de meu próprio país. Parece absurdo, não? Mas quero que você entenda, por isso vou tentar explicar do modo mais simples possível. De certa maneira, pode-se dizer que tudo começou com um saquinho de remédios, aquele que mostrei a você na época.

O saquinho veio parar nas minhas mãos por acaso. Você se lembra do filho mais novo do meu irmão — na época ele tinha oito anos. O menino passava tanto tempo lá em casa que mais parecia nosso filho. Claro, isso não era tão estranho se você pensar que o apartamento em que eu morava com minha mulher ficava praticamente ao lado da casa do meu irmão, onde morei até me casar. Mas pensando em retrospectiva, esse não era o único motivo das visitas. Não, o verdadeiro motivo era a disposição constante de minha mulher de largar o que estivesse fazendo para dar toda atenção ao menino. Ela era generosa por natureza, verdade, mas naquele caso era mais do que isso — ela se enchia de compaixão toda vez que punha os olhos no menino, e sempre ficava feliz quando ele ia dormir na nossa casa, estendendo um colchão extra bem ao lado do dela.

Depois de um tempo, comecei a pensar que talvez o instinto materno fique ainda mais forte quando a mulher não tem filhos, aproveitando ao máximo as válvulas de escape que tem. Aos olhos dela, o menino nunca estava errado, e ele a adorava com a mesma intensidade. O dia em que tudo mudou, o dia do incidente com o saquinho de remédios, foi também a primeira vez que ele apareceu à nossa porta.

Minha mulher tinha descido para ajudar o secretário local do Partido a colocar um novo papel de parede no teto, e me deixou fazendo minhas coisas. Eu estava trabalhando em algo quando o menino entrou correndo, olhou em volta procurando a tia e, como não a encontrou, começou a me atazanar. Estava atrás de uma pipa; era fim de outono, quando o vento que sopra as folhas caídas começa a produzir aquele tipo esplêndido de rajada que as crianças acham irresistível. E meu sobrinho estava numa ansiedade tão inocente que não quis que ele se decepcionasse.

Agora, numa pipa, não dá para usar papel comum — tem que ser algo resistente e maleável — e lembrei que tínhamos umas sobras de papel da última vez que revestimos a porta. Acabei revirando a casa de ponta-cabeça para encontrar os papéis, fucei até no armário onde nossa roupa de cama ficava guardada durante o dia. Mas quando alcancei o vão minúsculo entre os acolchoados e a parede dos fundos do guarda-roupa, o material sobre o qual meus dedos se fecharam não eram as sobras, era um saquinho de papel com comprimidos soltos.

Na hora não dei muita importância, só continuei procurando, mas logo depois me peguei pensando novamente no saquinho. O que minha mulher tinha a ver com aquilo? Quanto mais eu pensava nos comprimidos, mais ficava intrigado. Que tipo de remédio tem de ser escondido daquele jeito, e tomado só quando ninguém estava olhando? Que tipo de doença não tem sintomas externos? Então eu entendi. Claro — devia ser algo para não engravidar!

Eu estava distraído demais para fazer um bom trabalho com a pipa e me cortei duas vezes no processo. Quanto mais pensava naquilo, menos achava provável que minha mulher fosse dar uma resposta direta caso eu a confrontasse. Por isso, tentei uma tática diferente e acabei batendo na sua porta, Sangki, para ouvir seus conselhos de médico. Mas o que você me disse ao ver os comprimidos só serviu para confirmar minhas piores suspeitas.

"Anticoncepcional?", eu gritei, me esquecendo dos vários outros pacientes, inclusive mulheres, esperando do outro lado da porta. "Tem certeza?"

"Calma, não há necessidade disso", você falou assustado, recuando ao ouvir o volume da minha voz, suplicando com os olhos para que eu lembrasse onde estávamos. Deixei você lá e corri de volta para casa, sem parar nem para tomar fôlego, a acusação se equilibrando na minha língua durante todo caminho como uma granada. Mas quando finalmente abri a porta, me vi cara a cara com a minha mulher — e o pino emperrou. Vê-la me fez lembrar que essa era uma situação delicada, em que seria melhor pisar com cuidado. Afinal, não era segredo para ninguém que minha mulher e eu não éramos exatamente iguais.

Não estou falando de divergências de personalidade — nesse ponto não éramos tão diferentes —, mas no que diz respeito à história de nossas famílias não podíamos estar mais distantes, e isso, afinal, é o que conta nesta sociedade. Do seu lado, minha mulher podia se gabar de um histórico imaculado, sem um parente, por mais distante que fosse, cuja lealdade ao Partido pudesse ser questionada. Já do meu lado, a história era diferente... Não tenho dúvidas de que muita gente ficou de queixo caído quando correu a notícia de que Lee Il-cheol e Nam Myung-ok estavam noivos. “Uma garça branca e um corvo negro — o que pode sair de bom de um casamento desses?” Isso era o que todo mundo devia estar falando.

E agora aquela garça branca estava me enganando, colocando seus próprios interesses acima do nosso casamento, que afinal de contas era a única mácula em sua reputação impecável. Esse foi o primeiro pensamento que me ocorreu, e será que era de espantar? De que outro modo eu podia interpretar o fato de que minha mulher, para quem a vida de casada mal tivera tempo de perder o brilho, desejava evitar ter um filho comigo?

“O que aconteceu?”, minha mulher perguntou, vendo meu humor quando entrei apressado.

Cerrei os dentes para dar à minha boca o que fazer, estralei os dedos, depois me joguei no banco ao lado da janela, ainda ofegante do esforço. Soltando cuidadosamente o ar dos pulmões, minha mulher pegou um maço de cigarros e uma caixa de fósforos, foi até o banco e os colocou no peitoril. Mas essa demonstração de consideração conjugal não ia ser o suficiente para me acalmar. O incidente todo me forçou a lembrar a única coisa em que eu não queria pensar, a única coisa de que jamais conseguia me livrar — minha “posição”. E por que a minha era tão baixa? Porque meu pai era um assassino — ainda que apenas por acidente — cuja única vítima foi uma caixa de sementes de arroz.

Foi logo depois da guerra, quando o sistema socialista de fazendas cooperadas tinha acabado de ser implantado. Em outras palavras, era uma época de grande agitação, um dos chamados períodos de transição da história, e por isso era evidente que a maioria das pessoas não ia entender o que estava acontecendo. Usar estufas para cultivar sementes de arroz era algo que nem passava pela cabeça de quem trabalhava na terra. Para fazendeiros que nunca souberam da existência de outro tipo de cultivo de arroz que não fosse colocar sementes em contêineres cheios d'água antes de fazer o transplante para arrozais, o novo método certamente pareceria complicado no começo.

E foi assim que meu pai acabou cometendo seu erro terrível, o erro que o levou a ser visto como "elemento antirrevolucionário, contrário ao Partido", uma nódoa que apareceu da noite para o dia, mas que perseguiria nossa família por gerações.

Também havia o problema da terra dele, uns poucos hectares que conseguiu com sangue e suor antes da libertação, e de que, quando começou a coletivização, não abriu mão tão humildemente quanto deveria. Nisso, ele era igual ao filho de uma segunda esposa, cuja posição na casa é tão precária que basta um escorregão para levar ao desastre. Por fim, ele acabou sendo preso, levado para um lugar que jamais saberíamos qual era, enquanto nós, sua mulher e seus filhos, fomos expulsos de casa, onde muitas vezes matávamos a fome simplesmente esticando a mão para apanhar um caqui maduro, e mandados em "migração" forçada para uma terra estéril e desconhecida, tão perto da fronteira com a China que o ruído das correntezas do Yalu parecia estar o tempo todo nos nossos ouvidos.

Quando o narrador do *Relato de uma fuga*, de Choi, precisa percorrer as terras ermas nos arredores do rio Tumen, uma região marcada pela memória distante das pilhagens das tribos Manchu, ele e a família ainda conseguem manter uma fagulha de esperança, que não se extingue em meio às adversidades. Mas para a minha mãe, que atravessou o desfiladeiro de Kaema com dois filhos pequenos depois de ver o marido ser levado algemado, só o que havia era uma pesada mortalha de impotência e desolação, sem um único fio de esperança em sua trama.

As personagens do livro de Choi em certo sentido tiveram sorte, enfrentando aquelas adversidades por vontade própria, tendo como único motor sua determinação. Sem dúvida elas pareciam felizardas se comparadas conosco, afastados à força de tudo que a convivência nos fez amar e "migrando" sob escolta armada para essas partes distantes onde tanto a forma das montanhas quanto o som da água eram desconhecidos.

Foi em meio a essas paisagens estranhas e desoladas que minha mãe deu seu último suspiro, ainda jovem, mas vencida pela dor e pelo ressentimento. Seus olhos estavam bem abertos quando ela morreu, o futuro provável de seus filhos perfurando seu coração como as grossas estalactites de gelo tão comuns em nosso novo lar.

E agora esta nova tragédia se revela para que o espírito vingativo de minha mãe possa uivar em sua direção. Sangki! Quando não consegui mais ficar sentado em nosso apartamento, saltei do banco ao lado da janela e fui embora, ainda com o saco de anticoncepcionais no bolso. O túmulo da minha mãe, no sopé do desfiladeiro de Kaema — nem eu consigo lembrar todos os lugares a que meus pés me levaram naquele dia, sem que eu pensasse que logo precisaria ir para o meu turno, até que, tarde da noite, me vi de novo em casa. Só consigo lembrar que minha mulher me cumprimentou exatamente como sempre fazia, e que teve cuidado em colocar cada prato ao alcance da minha colher e dos meus pauzinhos. Em outras palavras, ela demonstrou a afeição de sempre, embora eu retribuísse com um escrutínio agudo. Ela era exatamente a mesma em todos os aspectos, desde o olhar, que parecia timidamente consciente do calor que irradiava, até a voz e os gestos suaves. Não houve mudança alguma nessas características nos dias seguintes, exceto talvez para torná-las mais intensas. Mas isso só aumentava minha ansiedade. Não seria a última vez que uma suspeita fazia surgir outra e que estranhos rumores chegariam a meus ouvidos.

Falo dos rumores sobre o vapor que saía de nosso apartamento no terceiro andar, primeiro no início da manhã e depois algumas horas mais tarde — duas vezes por dia, sem falta, o que só podia significar alguém preparando duas refeições por dia. Morar em apartamento nos deixa sempre exposto à bisbilhotice alheia, e, embora eu soubesse que era difícil que esses boatos fossem totalmente infundados, não mordi a isca; não queria que minha mulher virasse vítima da língua ferina das vizinhas. Vários dias depois, porém, aconteceu uma coisa que me impediu de continuar fazendo vistas grossas.

Eu estava supervisionando um trabalho de soldagem que me obrigava a ficar empoleirado em um guindaste de cem toneladas desde o início do dia, com uma visão desimpedida da área ao redor da fábrica. Claro que eu via aquela segunda rodada de vapor saindo de nossa chaminé, umas boas horas depois de tomar o café da manhã e sair para trabalhar. Já era inverno e estava muito frio, mas subi no guindaste no dia seguinte e no outro, com o pretexto de garantir que a soldagem estava sendo feita em segurança. Só no terceiro dia desci pouco depois de subir, inventei uma desculpa plausível para o mestre de obras e corri para casa.

"Ah! O que você está fazendo em casa?"

Peguei minha mulher de surpresa na cozinha, e ela gritou sem ter tempo de pensar. O ar da casa toda estava abafado, tomado pelo vapor de uma grande panela no fogão. Minha mulher forçou um sorriso inseguro, que pareceu incômodo em seus traços sempre tão honestos.

"Esqueci minha trena", eu disse, parecendo apropriadamente envergonhado.

"A trena? E mandaram você voltar por uma coisa pequena dessas?"

Preocupadíssima, como se fosse culpada por eu ter precisado voltar da fábrica, correu para pegar a trena. Aproveitando a oportunidade, levantei a tampa da panela e dei uma olhada lá dentro, impaciente para resolver o enigma — mas a única coisa que vi foi uma comida de cachorro insípida: um mero punhado de milho e grãos de arroz misturados com folhas secas de rabanete que não alimentaria nenhum ser humano. Então minha mulher estava dando comida para cachorros!

Não fui rápido o suficiente para colocar a tampa no lugar; ela ainda estava na minha mão quando minha mulher voltou com a trena.

"O que você está fazendo?", ela perguntou, alarmada.

"E você?", rebati. "Por que está se dando ao trabalho de fazer comida para cachorro?"

"O quê? Ah, sim, para cachorro, é isso... porque..."

"Você faz isso todo dia?"

"Sim. Eu... Bom, por favor, só se concentre no seu trabalho. Não se preocupe com as coisas da casa. E tente não cometer esse tipo de erro de novo", ela disse, forçando a trena na minha mão. "O secretário do Partido que mora no andar de baixo veio aqui ontem. Prometeu pensar seriamente na possibilidade de você entrar para o Partido, e pediu para eu te dar todo o apoio enquanto isso, então não deixe que nada o distraia do trabalho. Todo o apoio..."

Ela mordeu o lábio inferior, olhos quase transbordando, como se as palavras que estava segurando ameaçassem sair em forma de lágrimas. Baixou a cabeça, tentando me poupar de testemunhar aquela demonstração de emoção, mas mesmo assim a situação era desconfortável demais para que eu continuasse ali por mais um segundo sequer.

Mal olhei para a trena, muito menos usei aquilo no trabalho, e, embora ela tenha ficado escondida no meu bolso, parecia pesar como chumbo. Mas o estranho foi que a partir daquele momento as preocupações que me sobrecarregavam passaram a ficar mais leves. Eu me repreendi por agir de maneira tão dissimulada e passei a me convencer de que minha mulher não podia tomar anticoncepcionais pelo motivo que supus. Se fosse verdade que ela temia misturar sua linhagem à de um "corvo", que temia ver seus filhos marcados pela proximidade com um traidor do Partido, o afeto generoso que ela sempre demonstrou teria sido apenas uma máscara, e eu simplesmente não estava preparado para acreditar nisso. A minha impressão era de que se eu ousasse sequer duvidar daquela mulher, merecia ser punido. Só o que eu queria era descobrir que tudo não passava de um mal-entendido, e que minha mulher continuasse sendo como sempre foi, uma companheira generosa e amorosa.

O tempo passou sem novos incidentes, e eu estava feliz em deixar que fosse assim. Nosso sobrinho continuou nos visitando com frequência, e a chaminé continuou soltando duas rodadas de vapor por manhã, o que para mim agora era meramente uma fonte de suave autorrecriminação. A única diferença perceptível era que minha mulher ficava cada vez mais ansiosa para que nosso sobrinho fosse para nossa casa. Ela dizia que tinha dificuldade para dormir nas noites em que eu precisava ficar até tarde na fábrica, embora isso nunca tivesse acontecido antes.

Foi numa noite dessas, há um mês, que as coisas finalmente chegaram a um ponto decisivo — o motivo para eu ter começado a escrever este relato. Enquanto minha mulher raspava a comida dos pratos do jantar, me lembrou várias vezes de passar na casa do meu irmão a caminho do trabalho no dia seguinte, e pedir que meu sobrinho fosse lá em casa. Isso em si não era nada fora do comum, mas naquele dia eu não consegui fazer o que ela me pediu. Fui até a casa do meu irmão, mas minha cunhada disse que o menino tinha saído com o pai para procurar cabos de aço. Apesar do trabalho duro nas minas de carvão, meu irmão aproveitava toda oportunidade para procurar sucata, que transformava em utensílios de cozinha e trocava por rações extra.

Por acaso esse foi um daqueles turnos de trabalho que acabam antes do previsto. Acontecia muito isso, porque as tarefas que passavam para meu grupo, responsável por desenvolver e implementar novas tecnologias, raramente eram planejadas com antecedência, sendo difícil fazer um cronograma. Por saber que minha mulher estaria sentindo falta do meu sobrinho, cuidei para não perder tempo no caminho de casa.

Pouco depois da meia-noite, o interior do nosso prédio estava quieto e sem movimentação. Subi de dois em dois degraus, passei pelo segundo andar, onde morava o secretário do Partido, chegando ao terceiro e último andar, onde minha esposa deveria estar dormindo. Mas quando pisei no corredor, pude ver a luz que passava pela fenda debaixo da nossa porta.

Ainda acordada? Pensei. *Ela deve realmente estar sentindo falta do nosso sobrinho.* Lembrei o tom choroso que ela usou para pedir que ele dormisse lá em casa, e lamentei ainda mais não ter conseguido fazer sua vontade. Fui abrir a porta; ela não se mexeu, mas a luz que passava pela fenda se apagou de repente. Girei a maçaneta de novo, mas a porta estava trancada por dentro. Bati. Sem resposta. "Sou eu!", chamei, batendo na porta novamente. Num instante, a luz voltou. Ouvi o que parecia ser a porta da nossa cozinha abrir, mas continuei sem ver nem ouvir minha mulher. "Sou eu!", chamei de novo.

Só então escutei seus passos rápidos e suaves, e um pedido de desculpas sussurrado enquanto ela abria a porta.

"Ainda não foi deitar?"

"Tinha umas coisas para fazer."

Sangki!

Como eu podia ter imaginado que uma sombra espreitava detrás daquela porta por onde entrei? Minha mulher começou a estender a roupa de cama e eu lentamente tirei minha roupa de trabalho. E foi aí que escutei — nossa porta da frente abrindo, depois fechando, o som inconfundível. Eu me virei rápido e por instinto saí correndo para a porta. Havia passos descendo a escada, rápidos e silenciosos, que claramente pertenciam a alguém que conhecia o caminho mesmo no escuro. Desci logo atrás fazendo barulho, depois parei. Pensamentos demais giravam na minha cabeça.

Então essa era a resposta de todos os enigmas. Mas, se esse era o caso, que vantagem haveria em pôr as mãos no culpado? Ao voltar e refazer meus passos, senti o sangue correndo por minhas veias.

Esperava encontrar minha mulher agitada, mas nada tão extremo quanto aquilo que vi ao investir pela porta aberta. Ela estava caída em um canto do quarto, soluçando com o rosto voltado para a parede.

"Pare de chorar!", gritei, parado como um poste no meio do quarto.

"Tio do Minsu!", ela berrou.

Minha mulher lutou para conseguir ficar de joelhos, levantando a cabeça e revelando uma máscara de lágrimas. Eu costumava gostar do modo como ela se referia a mim usando o nome do nosso sobrinho — dava uma impressão de intimidade, de uma preparação para o dia em que teríamos nossos próprios filhos e em que eu seria "O pai do fulano". Naquele momento, no entanto, aquilo pareceu um tapa na cara, um lembrete cortante do lugar que eu ocupava em seus afetos.

"Tio do Minsu, é? Está bem, se é assim que você quer, é assim que vai ser. Marido pelo visto é uma coisa que não te serve!"

"Tio do Minsu! Não é isso."

"Quieta." Ofegante de raiva, afastei os livros da prateleira da parede, peguei o pacote de anticoncepcionais que tinha escondido ali e atirei aos pés de minha mulher.

Eu estava prestes a perder a razão.

"E imagino que isso também não é o que parece. Por que está tomando isso? Medo de ter um vira-lata? De quem? Quem é ele? Desembuche!"

Puxei minha mulher pelos ombros encolhidos e a pus de pé, mas ela agarrou meus braços e começou a gritar, a voz tremendo por causa dos soluços.

"Não faça isso, não faça isso, não me pergunte..."

Se ela não tivesse se soltado e corrido, entre tropeços, até o baú de roupas, eu não responderia pelos meus atos.

Murmurando "Não faça isso, não faça isso", como alguém que está fora de si, ela ficou mexendo na tampa do baú. Ergueu-a, pôs a mão lá dentro e pegou um caderno debaixo da pilha de roupas. Veio de novo na minha direção arrastando os pés, segurando o caderno como se fosse sua última cartada.

"O que é isso?"

Tomei o caderno das mãos dela. Dentro havia textos datados — um diário.

"Você tem que acreditar em mim, eu não sabia que ele estava aqui... Deve ter entrado sem eu ter percebido enquanto eu estava no banheiro... Juro que eu não te enganei, juro." Outra vez minha mulher caiu no chão, e seus ombros voltaram a tremer violentamente.

Só então reconheci os sinais que estavam diante de mim: o cabelo desarrumado da minha mulher, a linha solta pendurada na parte da frente da blusa, de onde um botão tinha sido arrancado. Era evidente que ela tinha passado por uma luta feroz, desesperada. O sangue que latejava em minhas veias pareceu se acalmar, permitindo que eu pensasse com mais clareza, o choro da minha mulher agora se resumindo a pouco mais que um ruído de fundo. Meu olhar se voltou para o diário, aberto em minhas mãos.

4 DE DEZEMBRO

Ele veio de novo hoje. Tento ter em mente que está cuidando dos interesses do meu marido mas, mesmo sendo grata, essas visitas começam a me incomodar. Especialmente agora que parecem acontecer sempre que meu marido não está. Mas não é só isso — toda vez que vem, ele se comporta de um modo um pouco diferente. Claro que um homem com mais de quarenta anos nunca pensaria em mim desse jeito... mas eu queria ter certeza!

O que devo fazer? Tenho medo de que, se eu me comportar de um modo mais frio, para não incentivar nada, as coisas possam piorar para o meu marido, mas tenho medo de que se não fizer isso... Bom, não há de ser nada. Qual é o problema se eu tiver um pequeno incômodo? A própria morte seria um preço plausível para meu marido ser aceito no Partido...

Sangki!

Naquela noite, fiquei de pé no meio do quarto até terminar de ler o diário, da primeira à última página. Esse diário em que minha mulher registrou dois anos de incidentes e sentimentos, embora frequentemente pulasse dias. Eu não li o diário, simplesmente; arrastei meu olhar pelas páginas, minha mente sem saber o que aconteceria em seguida, de modo que, apesar da velocidade com que passei por elas, as palavras pareciam gravadas na minha memória, como uma fotografia. A seguir, algumas das entradas:

13 DE MARÇO

Recebi uma mensagem do secretário local do Partido dizendo que meu marido estaria muito ocupado para sair da fábrica hoje e, portanto, eu devia levar seu almoço no trabalho. E assim acabei voltando depois de muito tempo ao departamento de inovação tecnológica, onde meu marido trabalha atualmente e onde também trabalhei.

Como o nome sugere, o departamento lida com o desenvolvimento e os testes de novas ferramentas e técnicas para melhorar a produção fabril. É um lugar pequeno, um pouco afastado do edifício principal, e que tem apenas um punhado de empregados fixos.

Min-hyuk por acaso estava comigo quando recebi a mensagem, e por isso o levei para ver o tio.

Apesar de só terem se passado seis meses desde que me casei e parei de trabalhar, toda visão familiar me fazia sorrir. O telhado corrugado vermelho, que reluzia uma névoa de calor mesmo no inverno, desde que o clima estivesse ameno; o pequeno laboratório que parecia uma caixa de fósforos grudada na lateral do prédio; sua minúscula janela de caixilho azul, onde os galhos do salgueiro dançavam lentamente na brisa de cada estação, me fazendo sonhar acordada como uma menininha tola; minha mesa, com a superfície inclinada lembrando as carteiras que usei na escola, onde me sentava para fazer desenhos técnicos ou esboços de modelos — tudo era exatamente como eu lembrava. Por acaso, a mesa estava vaga e eu me sentei. Ali, naquele lugar, a alegria de conhecer meu futuro marido, a tristeza de conhecê-lo melhor, tudo voltou com a mesma intensidade com que havia me atingido da primeira vez.

Aquele dia inesquecível em que eu, uma moça recém-saída da escola de mecânica, me sentei pela primeira vez naquela mesa! Naquele dia, como em todos os outros, o nome Lee Il-cheol chamou minha atenção, quando o vi por entre os galhos do salgueiro que balançavam ao lado da minha janela, no quadro de avisos que ficava no jardim. Eu lia cada vez mais surpresa, e o título do comunicado — "Camarada Lee Il-cheol, inventor! Sucesso ainda maior em novos inventos: o avião automático!" — me lembrou de um pôster no colegial: "Grande talento somado a grande esforço! A experiência de estudo do aluno Lee Il-cheol", um motivo a mais para o nome alojar-se na minha mente.

Lá estava eu no meu primeiro emprego, colega do veterano que eu tanto admirava, que sempre parecera tão superior a mim! Eu estava tão feliz por ter essa sorte, e tão orgulhosa por trabalhar lado a lado com um jovem de tanto destaque, por minha mesa parecer uma velha amiga, e o salgueiro ao lado da janela parecer dançar de pura alegria.

E pensar como essa felicidade toda desapareceu tão rápido! Eu estava lá havia pouco tempo quando, um dia, perto do fim da tarde, fizeram um anúncio. Todos os membros do Partido deviam ficar até mais tarde, porque o secretário da célula do Partido tinha um assunto importante para discutir.

Quando guardei minhas ferramentas e fui para a sala de descanso para participar da reunião, fiquei chocada ao ver o brilhante inventor, cabeça baixa e ombros encolhidos, passando lentamente pela porta principal! Aquele rapaz — que só estudou até o colegial, e que no entanto estudou sozinho incansavelmente até se tornar mais inteligente e ser mais habilidoso do que qualquer outro com formação universitária; que, como a lendária criatura com cabeça de dragão e corpo de cavalo, superava todos em inteligência e força — como era possível discutir qualquer assunto relevante sem sua presença?

Mas essas reuniões eram convocadas o tempo todo, e sempre o "inventor" saía da sala de descanso com o rabo entre as pernas! Por que eu me deixava afetar tanto por esse tratamento desdenhoso? Por que, quando soube que ele não pôde frequentar uma faculdade, já que sua posição baixa o impedia de entrar para o Partido, me peguei imaginando que tanto o pôster no colegial quanto o recente quadro de avisos devem ter lhe dado a impressão de fraudes sem sentido, meros brinquedos quando comparados ao que poderia ter sido? Minha compaixão era tamanha que passei até a sentir um vago e indefinido ódio em nome dele. Mas esse ódio se mesclava a um sentimento muito mais suave dirigido ao próprio inventor, aquele rapaz de olhos ardentes, tão humilde e diligente apesar da mente extraordinária...

As pessoas escrevem livros e cantam músicas para dizer que o amor é isso, que o amor é aquilo. Mas para mim, era impossível diferenciar o amor da compaixão. Aquele mau humor insuportável por você não ser capaz de assumir para si parte do sofrimento, aquele impulso irresistível de oferecer sua própria carne em sacrifício, qualquer coisa que pudesse trazer algum alívio...

Nesse arroubo de compaixão, o amor brotou em mim e eclodiu numa flor gloriosa. Enquanto eu estava sentada, imóvel na minha antiga mesa, deixando meus pensamentos se desviarem para o passado, Min-hyuk corria, entrando e saindo da sala de descanso como se tudo fosse dele. Até inventou uma musiquinha estridente que dizia que seu tio era o número um ali, e que por isso ele podia fazer o que bem entendesse...

Ver Min-hyuk tão bem-humorado, alegremente ignorante da realidade da situação, deu um alívio mais nítido ao infortúnio de seu tio. Meus olhos ficaram turvos por pensar que ele passaria pela vida como uma pedra preciosa pisada por pés ignorantes. Ah, quando o tio de Min-hyuk entraria para o Partido e veria seu verdadeiro valor descoberto?

23 DE ABRIL

Era fim de tarde, e eu estava ocupada remendando o uniforme de meu marido quando Min-hyuk irrompeu no apartamento. Ele chorava de um jeito tão violento que mal conseguia falar, suas bochechas marcadas por faixas de sujeira.

"Ei, o que está acontecendo?"

"E-eu não posso m-mais ser representante da classe."

"O quê? Por que não?"

"O p-professor d-disse..."

"Mas por quê?"

"Eu n-não seeei."

Com grande dificuldade consegui acalmar Min-hyuk e secar suas lágrimas, mas não havia como continuar costurando. Percebi que ele ainda estava com a mochila nas costas, o que queria dizer que seguira direto da escola para nossa casa. Sem dúvida esperava que eu pudesse resolver o problema num piscar de olhos. A confiança que ele tem em mim é um fardo pesado.

Do meu lado da família, o máximo de que eu podia me vangloriar era ter um pai membro do conselho de administração municipal, mas, para os pais de Min-hyuk, mesmo esse cargo pouco relevante era visto como algo muito importante. Era evidente que o menino percebia, e por isso me procurou antes de falar com seus pais. As lágrimas podiam ter parado de escorrer pelo rosto mas continuavam em seus olhos; olhos escuros e brilhantes como os de um bezerro. Para mim era impossível não fazer algo. Disse para Min-hyuk ficar ali se divertindo e fui direto à escola do povo. Por acaso, a supervisora dos anos finais — os Escoteiros — era ninguém menos que Moon Yeong-hee, uma amiga de infância com quem perdi contato. Ao vê-la, imaginei que ia ser mais fácil do que eu havia imaginado. Mas assim que ela ouviu o que eu tinha a dizer, percebi que se tratava de algo bem mais sério do que um esnobismo de algum menino ranhento.

"Entre nós não há segredos", ela começou, "por isso vou te dizer muito honestamente quais são os fatos. Essa é uma questão que costuma surgir quando as crianças viram Escoteiros. Recebi uma proposta do professor regente de dar o posto de representante da classe ao seu sobrinho. As notas dele eram altas, e o comportamento era excelente. Mas quando levei a proposta para o secretário do Partido ratificar, ouvi 'camarada, você não sabe que o pai desse menino foi deportado para Wonsan?', e, bem, foi isso. Os Escoteiros são o primeiro nível na hierarquia do Partido, por isso simplesmente não temos como usar os mesmos critérios de quando as crianças eram mais novas."

O que Moon Yeong-hee disse me deixou aturdida. Mesmo se eu tivesse conseguido pensar em algo para dizer, duvido que fosse capaz de pôr em palavras.

"Mas eu não tinha ideia de que você era tia do menino. Com uma posição como a sua, como...?"

"Era só isso", eu disse bruscamente, interrompendo Moon Yeong-hee no meio da frase. Agora que eu tinha encontrado as palavras, achei que era o caso de usá-las. "Sei que você me disse tudo isso por gentileza e sou grata por sua amizade, de verdade. Senão eu jamais pediria esse favor. Seu marido trabalha no departamento de registro de cidadãos, não? Você poderia pedir que ele fizesse para mim uma cópia dos arquivos da família do meu marido?" Claro, eu tinha plena consciência da posição deles, mas o choque que levei ao saber que um caso de raízes podres poderia afetar até mesmo um menino tão novo quanto Min-hyuk me obrigou a correr o risco.

Embora Moon Yeong-hee tivesse prometido fazer o possível, saí do pátio da escola com passos vacilantes.

30 DE ABRIL

Tem dias em que a vida parece uma corrida de obstáculos sem fim. Todo dia surge um novo contratempo embrulhando meu estômago. O problema de hoje foi encontrar Seon-hee no centro de provisões. Ela estudava duas turmas à minha frente no colegial, foi colega de turma do meu marido e sempre me tratou com total gentileza. O centro estava tão lotado que precisamos esperar do lado de fora por mais de uma hora depois de receber os cupons. Estávamos jogando conversa fora quando ela me fez uma pergunta inesperada.

"Ele foi fazer uma visita ao seu apartamento?"

"Quem?"

"Você sabe, Jang-hyuk, um dos três da nossa escola que foi estudar no exterior."

"Ah, ele. O filho do juiz..."

"Esse, esse. Ele."

"Como ele está?"

"Você está me dizendo que ele ainda não foi ver seu marido?"

"Ah, eu... não tenho certeza..."

"Bem, ele estava com a mesma cara de sempre no encontro de ex-alunos. Foi uns dias atrás, logo depois de ele voltar. Na minha casa." Seon-hee franziu a testa para mim.

"Que foi?"

"Antes de a gente sentar para comer, alguém perguntou por que o camarada Il-cheol não estava lá, e Jang-hyuk disse que Il-cheol estava fora da cidade visitando parentes e que por isso ele tinha decidido fazer uma visita individual mais tarde."

Se não tivessem chamado meu número no centro de provisões bem naquela hora, não sei se ia conseguir manter a compostura. Como me chamaram, fui correndo até o balcão, fazendo apenas um aceno de cabeça quase imperceptível para Seon-hee, com um tumulto de pensamentos martelando minha cabeça. Se Jang-hyuk não queria se ligar a alguém com a posição do meu marido, por que não podia simplesmente admitir isso? Por que teve que contar uma mentira tão estúpida? Já era ruim o suficiente o fato de meu marido ter que lidar com o desdém de gente maldosa, mas excluí-lo daquela maneira era um passo além — como se Jang-hyuk realmente temesse uma contaminação. Era triste demais para ser posto em palavras.

9 DE MAIO

Eu estava a caminho de casa com o macarrão que tinha encomendado quando uma criança veio por trás e agarrou minha mão. Quando me virei, vi que era Jeong-ho, que morava no mesmo prédio que Min-hyuk.

"Min-hyuk está chorando", o menino me disse.

"Ah, é? Onde ele está?"

"Ali debaixo daquela árvore."

Com o macarrão equilibrado na cabeça, deixei o menino me puxar pela mão, entrando numa alameda que tinha uma barbearia na esquina. Folhas verdes brilhantes começavam a brotar da árvore à beira da rua, e Min-hyuk estava mesmo debaixo delas. Recostado no tronco com o olhar perdido adiante, já não chorava, mas sem dúvida parecia pensar em algo.

"Min-hyuk! Qual é o problema?"

Assim que a pergunta saiu da minha boca, Min-hyuk começou a fungar. Jeong-ho respondeu por ele.

"A gente acabou de sair da escola. Min-hyuk atravessou a ponte de pedra primeiro e um menino disse: 'Aquele fedelho atravessou a ponte antes, quem ele pensa que é?'."

"E é por isso que você está aqui chorando?", repreendi Min-hyuk. "Jeong-ho, quem foi que chamou ele de fedelho? Algum valentão maior do que ele?"

"Pfft... Min-hyuk podia ter esmagado aquele menino que nem uma mosca!"

"E por que não fez isso? Em vez de chorar como um bobo?"

"Até parece! O pai do menino é oficial do Partido!"

As palavras de Jeong-ho cortaram como um espinho. Era evidente que nas entrelinhas se lia *e o pai do Min-hyuk é um traidor* — e que era isso que estava por trás do vazio dos olhos de Min-hyuk.

Então, o menino já tinha começado a se dobrar ao peso das circunstâncias da família? Tão cedo? No momento em que isso me ocorreu, eu o abracei forte. Se eu tivesse como derreter o gelo que estava congelando aquele coração tão jovem!

Min-hyuk começou a chorar, e dessa vez chorei com ele.

15 DE MAIO

Hoje encontrei por acaso o chefe do departamento de inovação tecnológica da fábrica. Desde meu primeiro dia de trabalho lá, fazendo desenhos técnicos sob sua supervisão, ele me tratou como uma filha. Mas esse homem que, em qualquer outro dia, me cumprimentaria com uma palavra amistosa e um sorriso antes de passar casualmente por mim na rua, parou e me disse um brusco "Ora, ora!".

Também parei, confusa e assustada com seu tom de voz.

"Você se lembra do editor, aquele especializado em ciência e tecnologia, que mandei ao seu apartamento há um tempo?"

"Sim, ele foi falar com o tio de Min-hyuk..."

"Sim, é disso que estou falando. Como foi que o oficial local do Partido ficou sabendo disso? Foi você?"

"Por que eu ia contar para eles? Foi só uma visita..."

"Bom, o oficial do Partido na fábrica certamente está sabendo — ele até me interrogou sobre isso. Disse que devia ser informado caso alguém de fora fosse visitar a fábrica, e certamente antes do oficial local, ou ele ficaria numa situação constrangedora."

"Sinceramente, isso não teve nada a ver comigo. Se eu tivesse dito alguma coisa, com certeza me lembraria."

"Não, acho que você não diria. Hmm! Ele ouviu isso de alguém, com certeza. Me atazanando com aquelas perguntas bobas! Mas, em todo caso, eu só queria perguntar."

Sacudindo a cabeça, ele seguiu seu caminho. Mas meus pés não estavam tão prontos para me levar adiante — eu estava começando a suspeitar do que podia ter acontecido. Dois dias antes, meu marido tinha acabado de almoçar e sair quando o editor bateu à nossa porta, e por isso tive que pedir que ele fosse até a fábrica. Não fui com ele, só expliquei o caminho, então a única pessoa que podia ter nos visto era a mulher do apartamento nº 4, que saiu para jogar fora as cinzas de carvão enquanto estávamos no corredor. Mais tarde, naquele dia, porém, outra pessoa bateu à minha porta.

"Ah... tia de Min-hyuk!" Era a presidente da associação de moradores, que vivia no andar de baixo. "Sabe, você realmente devia se apressar e ter um filho, para eu saber como te chamar!"

Normalmente ela gostava de manter um tom cerimonioso, e essa familiaridade casual me pegou de surpresa. Ela falou sobre trivialidades, com um largo sorriso no rosto o tempo todo, e eu estava quase relaxando quando ela soltou do nada:

"A propósito, a família de vocês não era uma das que estava com a tarefa de coletar lixo este mês?"

"Sim, estamos."

"Nossa! Eu nunca..." Ela não conseguiu abafar uma risadinha enquanto anotava algo em seu caderno. "Mas como é que o tio do Min-hyuk recebe visitas tão importantes? Como aquele homem hoje, por exemplo. De óculos escuros."

"Não sei do que você está falando... Era só um sujeito que trabalha em uma editora, que queria saber sobre as novas tecnologias que estão sendo desenvolvidas na fábrica." Respondi sem pensar, porque estava ocupada demais tentando entender como ela podia ter nos visto. Pensando em retrospectiva, ela deve ter ouvido a fofoca da mulher do apartamento nº 4, vindo confirmar comigo, depois contado para a polícia do bairro. Isso tudo só podia significar uma coisa: meu apartamento estava sob observação diária.

Como, como isso podia ter acontecido? Mesmo se o pai tivesse cometido um crime hediondo que realmente merecesse a pena de morte, que tipo de crime podiam atribuir a seus filhos, que eram meras crianças na época? E mesmo se alguém tivesse decidido que era certo que os filhos respondessem pela culpa do pai, como podia ser certo que Min-hyuk tivesse sua vida obscurecida pela sombra do avô, um homem que ele jamais vira? Não, aquilo era demais. Era demais, de verdade, para pessoas cujas vidas inocentes se resumiam a cumprir ordens. Se o tio de Min-hyuk descobrisse que estávamos sendo vigiados, a vergonha e a raiva teriam acabado com ele. Como ele poderia mostrar a cara por aí depois disso? Ele se sentiria exposto como se estivesse usando as meias do avesso!

O que eu podia fazer? Uma coisa era certa: meu marido não podia saber. Mas e se não fosse assim? A possibilidade de ele descobrir já estava me deixando nervosa.

23 DE MAIO

Menos de um mês depois de nosso encontro na escola, Moon Yeong-hee trouxe os arquivos que pedi. E agora quase acho que seria melhor ela não ter trazido, e eu jamais tivesse posto meus olhos nesta coisa terrível. O que foi que me deu para pedir que ela fizesse aquilo?

> Lee Il-cheol
> Família: Classe 149
> Avaliação: Elemento hostil
> Pai: Lee Myeong-su
> Sendo um fazendeiro próspero durante a colonização japonesa, nutriu ressentimento pela política de coletivização agrícola do Partido e, deliberadamente, sabotou o projeto de cultivo de arroz em estufas, na aldeia x, distrito x, Wonsan. Punido como elemento contrário ao Partido, antirrevolucionário.
> Mãe: Jeong In-suk
> Morreu em seu novo lugar de residência, em função do ressentimento pela punição aplicada ao marido.

Fiquei ali com o documento entre as mãos trêmulas enquanto aquelas frases sedentas de sangue dançavam diante de meus olhos, entrelaçadas em um feio redemoinho — "Classe 149"; "elemento hostil"; "contrário ao Partido"; "antirrevolucionário". Moon Yeong-hee esperou pacientemente por um tempo, depois tomou o documento das minhas mãos com gentileza.

"Sabe, se um dia alguém descobrir que meu marido e eu retiramos esse documento para você, o veredito seria o mesmo

— Classe 149. Significa que o Partido o considera um traidor. Nossa família inteira seria deportada de acordo com a Resolução 149 do governo, e perseguida por gerações."

Classe 149! Tremi ao ouvir isso em voz alta. Aquelas palavras eram suficientes para causar terror em quem quer que as ouvisse. O próprio selo usado para timbrar o documento não dava a impressão de ser um mero bastão de cera, parecia um marcador a ferro, aquecido no fogo para marcar para sempre a carne do animal. Antigamente aquilo também fora usado para marcar escravos; agora, o pai e o tio de Min-hyuk, e até mesmo o jovem Min-hyuk, carregavam essa marca. Não apenas na pele, mas corroendo a carne.

Eu esperava que Moon Yeong-hee pudesse facilitar as coisas para Min-hyuk. Agora não havia mais essa esperança. Minha cabeça estava cheia de nuvens ameaçadoras, tão cerradas que nem um único raio de sol conseguia passar. Mas havia outra coisa — o rosto de Min-hyuk manchado pelas lágrimas quando foi me pedir ajuda no outro dia e, mais tarde, encostado na árvore, o olhar vazio incompatível com sua idade. Eu via seu rosto como se ele estivesse ali na minha frente, só que agora o espaço entre seus olhos trazia aquele sinal hediondo marcado a fogo. Seu pai e seu tio podiam ter tido azar na vida, mas nada comparável a isso. Uma criança inocente com toda a sua vida já decidida, forçada a seguir os passos dos pais, tropeçando passo após passo, pelo mesmo trajeto de sangue e lágrimas.

Involuntariamente, a mão que segurou firme o documento foi atraída para a minha barriga. Depois de todo esse tempo esperando, uma nova vida finalmente crescia dentro de mim. Pareceu uma sorte eu ter sido tímida demais para contar para meu marido. Neste país, uma mãe só tem um desejo quando coloca um filho no mundo: que sua passagem pela vida seja abençoada. Mas e se ela souber com certeza que o que espera essa criança é um caminho espinhoso sem fim? Ela precisaria ter a crueldade de um frio criminoso para condenar o filho a esse destino.

Em breve, no máximo amanhã, preciso ir ao ginecologista.

28 DE OUTUBRO

O tempo realmente voa. O brilho das folhas de outono desapareceu das ruas, substituído por um vento ruidoso que passa por galhos nus. O frio torturante do ar leva minha cabeça atormentada a pensar em Min-hyuk. Será que ele se agasalhou bem para ir à escola hoje cedo? A cada dia ele tem uma aparência mais digna de pena, apesar de eu não saber o porquê. Como se ele fosse um órfão miserável. Se ele voltar da escola com o rostinho vermelho de frio de novo, vou parar o que estiver fazendo para dar um abraço nele. Quando posso estar com Min-hyuk nos meus braços, gosto de pensar que o calor do meu corpo de algum modo alivia a sua dor, e a dor de toda essa família infeliz. Nada aquece tanto o meu coração.

Se o secretário local pudesse ajudar o meu marido a entrar para o Partido! E depois disso, talvez até o pai de Min-hyuk... Então aquele selo de lealdade e honra apagaria a marcação a ferro. Min-hyuk jamais voltaria a ser alvo do desprezo dos que se sentem superiores, e nossa família não seria mais vista pelas lentes tingidas do preconceito, perscrutada como criminosos em potencial. Se pudéssemos nos libertar de tudo isso.

Às vezes, quando estou sozinha em casa, me perco nessas fantasias vãs, e em algum momento comecei a falar delas para o secretário local do Partido. Enquanto outros nos isolavam ou espiavam, ele tem feito questão de passar para ver como estou. Os conselhos que dá são justos e abertos, e ele me incentiva a apoiar o meu marido em tudo que eu puder. Sou eternamente grata a ele.

13 DE NOVEMBRO

Tateando a parede do fundo do armário onde fica a colcha, meu coração disparou. Os anticoncepcionais que escondi ali no canto sumiram. Um camundongo? Não, impossível. Min-hyuk, então?

Não, ele não é do tipo que faz essas brincadeiras. Só existe um possível culpado — meu marido. Só o que me resta agora é torcer para ele não ter percebido o que são aquelas pílulas... Mas se ele não suspeitasse de nada, certamente teria me perguntado o que era aquilo, não? Ele teve muita paciência e tato para não dizer nada, mas sei que espera uma gravidez. O que ele vai fazer agora? Que desculpa convincente eu posso dar?

A todo custo, não posso magoar meu marido ainda mais. Ele já sofreu o suficiente.

Mas simplesmente não consigo imaginar como evitar isso. É terrível, terrível!

21 DE NOVEMBRO

Parece que todos os meus segredos estão sendo descobertos. Hoje, meu marido finalmente descobriu o que venho cozinhando para mim mesma — e achou que era comida de cachorro! Comida de cachorro ou lavagem de porco, eu devia ser grata por aquilo não parecer nada apetitoso a ponto de ele não suspeitar da verdade. Em geral, ele é bem observador, mas no fim das contas acho que os homens são assim mesmo. Venho fazendo isso há meses — fico circulando em torno da mesa do café da manhã, achando algo que me mantenha ocupada até ele ter praticamente acabado de comer, depois sento, como umas poucas colheradas antes de me despedir quando ele sai para o trabalho. A comida que devia ser para mim fica para o almoço do meu marido, mas tenho que cozinhar uns restos para me aliviar da dor da fome. Precisei repetir isso perto do fim de cada mês quando não consegui fazer as rações renderem, e ele não notou nada. Comida de cachorro! Ele saiu de volta com a trena, e assim que fechou a porta não consegui conter uma gargalhada. Mas as lágrimas quentes que escorreram dos meus olhos não eram de alegria. Nem eram de autopiedade, claro, por eu ter que sobreviver com tão pouco. Eu estava simplesmente aborrecida por ser tão impotente; por esse pequeno ato ser tudo que eu podia fazer pelo meu marido.

19 DE DEZEMBRO

Aquilo veio do nada, completamente do nada! Verdade, já fazia um tempo que eu tinha minhas dúvidas, mas jamais teria adivinhado as verdadeiras intenções dele. Pouco depois de meu marido sair para o almoço ouvi a porta da frente se abrir. A essa altura, eu já tinha me acostumado com o fato de o secretário local ir entrando assim mesmo, como se estivesse em casa — talvez a frequência das visitas fizesse isso parecer mais ou menos natural. Mas hoje fui surpreendida quando ele foi direto para o quarto, antes mesmo de eu ter tempo de sair para cumprimentá-lo. Ele fedia a álcool. "Myung-ok!", ele exclamou, outra coisa chocante — ele quase sempre se referia a mim como "tia de Min-hyuk". Falou enrolando as palavras, "Confie em mim, e seja paciente", e caiu desajeitado de joelhos. "Não ache que não estou me esforçando. Mas conseguir que alguém como o seu marido entre para o Partido não é fácil. Você entende?"

Ainda de joelhos, ele foi se arrastando em minha direção, sua respiração cada vez mais ofegante. Quanto mais perto ele chegava, mais eu recuava encolhida, mas agora eu estava com as costas na parede. Ele deveria ter percebido o meu desconforto e ficado onde estava, mas continuou se aproximando devagar, até seu rosto quase encostar nos meus joelhos. "Mas não se preocupe", ele disse. "Está tudo nas minhas mãos. Nas minhas mãos."

Acenou a mão direita como se quisesse ilustrar o que estava dizendo, depois pôs a mão no meu pulso e o agarrou. Minha visão escureceu. O que teria acontecido se Min-hyuk não aparecesse bem naquela hora, me chamando do corredor? Fico horrorizada só de pensar. Saí correndo para a porta da frente e consegui abri-la, apesar do nervosismo, com o secretário logo atrás de mim. Ele ficou escondido atrás da porta aberta, depois saiu quando Min--hyuk não estava olhando.

Mordi o lábio, me esforçando para manter a compostura, mas não consegui segurar as lágrimas. "Por que você está chorando, tia?", Min-hyuk perguntou, claramente abalado por me ver daquele jeito. Gaguejei algo sobre ter me machucado. Uma desculpa, mas a dor que eu sentia era verdadeira. E pensar que o frágil raio de esperança a que eu vinha me agarrando era na verdade a sombra escura da maldade!

Exausta de tanto chorar, com um aperto na garganta e a cabeça latejando, pensei que essa sensação jamais passaria. Eu não tinha onde pedir ajuda, ninguém que pudesse consertar esse erro. A mera ideia de meu marido descobrir tudo era o suficiente para me deixar tonta de medo. Eu me sentia mortificada por aquela cena horrível, aterrorizada por ter sido enganada, e desesperada com o que podia acontecer. A única coisa que me restava era engolir tudo aquilo, mesmo que eu acabasse engasgando com a bile. E sobreviver àqueles dias. De algum jeito...

Sangki!
Depois de ousar desconfiar de uma mulher como essa, será que realmente sou digno de me chamar de ser humano? Que tipo de pessoa, que espécie de marido, veria apenas uma porcaria de "comida de cachorro" e não perceberia o imenso amor por trás daquilo? Como eu ainda não tinha sido aniquilado, esse miserável que sou? O que o rei do inferno estava esperando...?

Minha mulher não só sofreu em silêncio, sendo esnobada e desprezada por causa de Min-hyuk e sobrevivendo à base de comida de cachorro por minha causa, como sentia compaixão por mim a ponto de reprimir o instinto maternal que ansiava por um filho para amar!

* * *

Sangki!
Fechei o diário e me deparei com uma realidade em que não podia acreditar, não toleraria suportar e na qual, no entanto, acabei precisando acreditar. Sentei de mãos dadas com minha mulher, demos um abraço apertado e solucei como uma criança. E então decidi. Íamos fugir desta terra de mentiras e falsidade, onde nem mesmo lealdade e diligência bastam para que a vida prospere, sufocada como está pela tirania e pela humilhação.

Do lado de fora da janela, a capa da escuridão já caiu. O relógio na parede mostra que está quase chegando a nossa hora. Em poucos minutos, vamos entrar em um trem que vai nos levar para fora desta cidade, até o litoral. Lá, uma canoa simples estará nos esperando, uma canoa que escondi para uma eventualidade desse tipo. A família do meu irmão vai conosco, e a canoa vai carregar o destino de cinco vidas.

Há um grande perigo nisso, claro. Pode muito bem acontecer de um guarda costeiro ou de um barco de patrulha atirar na gente, ou de o vento e as ondas nos engolirem como folhas. Mas, mesmo sabendo disso, escolhemos apostar nossas vidas nessa oportunidade. Porque achamos que cair no esquecimento seria realmente melhor do que continuar vivendo assim, perseguidos e atormentados. Caso o destino intervenha, pode ser que uma mão salvadora nos resgate e nos leve a uma nova praia. Caso contrário, só podemos torcer para que nossa canoa, em meio à imensidão azul, assinale esta terra como um deserto estéril, um lugar em que a vida murcha e morre!

Il-cheol, que não tem como dizer quando vai vê-lo de novo.
12 de dezembro de 1989

CIDADE DE ESPECTROS

Na véspera das celebrações do Dia Nacional, Pyongyang estava recoberta por seus mais belos enfeites. Os últimos três meses de incansáveis preparativos foram recompensados de modo espetacular.

Quando o metrô parou na estação Pungnyeon, Han Gyeong-hee mal conseguiu entrar, abriu caminho até a parte de trás do vagão e ocupou o último lugar disponível. No subterrâneo, a multidão era tão grande quanto nas ruas lá em cima. A cada estação, uma onda de pessoas invadia o vagão: soldados, universitários, alunos do colegial, jovens fazendeiros levando maquetes para a cerimônia, cidadãos comuns carregando enormes buquês, líderes dos Escoteiros segurando bastões. Sua aparência, e especialmente o que tinham nas mãos, mostravam que iam todos ao ensaio dos jogos do dia seguinte, que reuniriam mais de um milhão de pessoas.

À medida que mais e mais pessoas se amontoavam no vagão, Gyeong-hee foi forçada a contorcer seu corpo robusto de um lado para o outro para evitar que fosse esmagada impiedosamente. Mesmo assim, manteve os olhos no filho o tempo todo. O menino de dois anos estava praticamente colado nela, completamente espremido entre seu busto amplo e a bolsa em que ela levava os materiais de trabalho. Ele parecia grudar cada vez mais na mãe, os olhos grandes se movendo nervosos. O ar no vagão, uma massa de calor e barulho sufocante que piorou quando o trem saiu da estação, pareceu refrescar apenas um pouco, e Gyeong-hee conseguiu respirar um tanto melhor. Com isso, ela conseguiu voltar a ouvir a voz da professora do berçário, soando claramente acima do murmúrio da conversa e do ruído do trem. No berçário, ao fim do expediente, entregando cada criança em segurança nos braços dos pais, a professora escolheu Gyeong-hee para uma de suas longas ladainhas.

"Ah, camarada Gerente! Será que você andou assustando seu filho com histórias sobre o Eobi, a criatura assustadora que coloca crianças desobedientes num saco e joga num poço? Pergunto porque ele estava tirando uma soneca antes — seu filho, claro, não o Eobi, haha — e de repente acordou assustado, coberto de suor e gritando como se fosse explodir. 'Eobi! Eobi!' Extraordinário pensar que uma pessoa como você poderia conceber alguém assim tão delicado."

"Você tem razão — ele deve ter herdado isso do lado do pai. Se fosse mais parecido comigo não ia se assustar com um conto de fadas!"

Gyeong-hee forçou uma risada. Embora fosse uma espécie de celebridade em comparação a outras mães — gerente de uma loja de produtos marítimos aos trinta e seis anos, com uma personalidade forte que combinava com o corpo vigoroso — ela não teve como evitar uma certa agitação ao ouvir a professora mencionar o Eobi. Claro, a professora provavelmente não falou por mal, um pouco irritada por ter de lidar com uma criança tão sensível e tentando descobrir como evitar novos acessos do gênero no futuro. Mas Gyeong-hee não era do tipo que aceitaria comentários como esse sem pensar que havia algo por trás. *Será que a professora descobriu alguma coisa?*, ela pensou. *Se não fosse por isso, por que ela perguntaria justamente sobre o Eobi? Até onde será que ela sabe?* Era uma linha de raciocínio inútil, e ela sabia disso. Irritou-se por estar preocupada, por estar sendo covarde.

E, no entanto, depois de descer na estação Seungri e subir ao nível da rua, os mesmos pensamentos voltaram a se amontoar em sua cabeça. Só quando ela chegou à praça Kim Il-sung, onde aconteceria um exercício militar, algo lhe ocorreu, algo que superou suas preocupações anteriores. Por cima do mar de cabeças e de punhos erguidos em saudação, era possível ver com clareza a janela do seu apartamento, no quinto andar do edifício. Ela só precisava atravessar a praça para chegar em casa. Hoje, no entanto, isso não era uma opção. Não por causa do desfile, mas porque passar pela praça colocaria seu filho — já assustado com as milhares de pessoas gritando "Vida longa a Kim Il-sung! Vida longa à Coreia do Norte!" — frente a frente com o apavorante Eobi.

"Esse menino!", Gyeong-hee murmurou baixinho, sem nem se dar conta de que estava falando. "Um covarde igual ao pai..."

Em vez de seguir pelo caminho que sempre fazia para chegar em casa, Gyeong-hee foi a uma loja ali perto, especializada em roupas infantis. O filho realmente era o pai cuspido e escarrado, com o corpo tão frágil quanto a mente. O que mais podia explicar que uma criança tivesse um chilique só por ver uma imagem! Não fosse pelo marido, Gyeong-hee teria ido ao hospital dias antes e exigido algum tipo de tratamento. Mas não, eles precisavam manter aquilo entre eles. O menino ainda era um bebê — que importância aquilo podia ter?

Ele era filho de um supervisor do departamento de propaganda, e ter um faniquito ao ver um retrato de Marx tinha sérias consequências. E, além disso, agora que os preparativos para o Dia Nacional estavam chegando ao auge, as pessoas estavam tão agitadas que podiam confundir uma colher caindo com uma granada.

O evento seria seguido de uma análise rigorosa, e ai daquele que não demonstrasse ardor revolucionário. Não, não era o caso de fazer algo tolo justamente agora. Só faltavam uns dias, afinal — eles só precisavam ficar quietos no seu canto.

Essa era a única solução que o marido de Gyeong-hee tinha para oferecer.

O menino que ela carregava parecia estar com o dobro do peso, e o céu, cujo azul-claro fora tão bem recebido na comparação com as nuvens cinzentas dos últimos dias, começou a se agitar com um vento sul fora de época. Quando eles viraram para sair do beco onde ficava a loja de roupas, o contraste não podia ser maior: de um lugar solitário onde rajadas de vento perseguiam folhas caídas e restos de plástico jogados na sarjeta, para a amplidão da avenida central.

Ali, onde em breve ocorreriam as gigantescas festividades, a rua parecia um animal selvagem e feroz, sacudindo a juba e rugindo. Repleto de pôsteres e cartazes, textos escritos em traços vermelhos cortantes que ofuscavam os olhos; ladeada por incontáveis bandeiras, com o tecido estalando estendido ao vento; perfurada por agudos assobios que sublinhavam cada novo anúncio ou ordem; rasgada ao meio por um carro de som azul-escuro que emitia retumbantes slogans pelo alto-falante inúmeras vezes para que a rua inteira ressoasse com eles. Pontuada o tempo todo por um avião que se agigantava voando baixo nos céus da cidade, subindo após a decolagem ou se preparando para aterrissar; até mesmo seus motores pareciam explodir num rugido sem precedentes, agitando as figuras que se moviam lá embaixo, levando todos a apertar inconscientemente o passo.

Assim que chegou em casa, Gyeong-hee espalhou os brinquedos do filho no chão.

"Olhe, meu pequeno Myeong-shik, não parecem divertidos? Que tal brincar um pouquinho? Bip-bip, trim-trim..."

Depois de deixar o menino fazendo suas coisas, Gyeong-hee foi rapidamente até a janela e fechou as cortinas que havia instalado. O apartamento deles ficava bem na frente do bloco, com uma janela para o sul e outra para o oeste. A que dava para o sul tinha vista para o retrato de Karl Marx pendurado na parede do prédio do departamento militar, e a que dava para o oeste mostrava um retrato similar de Kim Il-sung, pendurado perto do camarote VIP do Grande Palácio de Estudos do Povo. Gyeong-hee precisava evitar que Myeong-shik visse os retratos.

Mas a fina cortina de nylon branco, modelo-padrão oferecida pelo governo e que era mantida fechada durante o dia, não bloqueava a visão dos retratos, e, na verdade, as formas obscuras criadas pelo tecido fino eram ainda mais apavorantes do que a sólida realidade. O terror inicial de Myeong-shik surgiu de um encontro frente a frente com o retrato de Marx, e com seu nervosismo e sua imaginação ativa, a imagem aumentava de tamanho diariamente.

Foi no fim de tarde do sábado anterior que tudo começou. Uma reunião de cidadãos ocorria na praça Kim-Il-sung, com o objetivo de incentivar as pessoas a se preparar de forma mais enérgica do que nunca para as festividades. Todos estavam apressados, por isso a reunião foi organizada numa hora em que a maior parte dos trabalhadores normalmente estaria voltando para casa. Myeong-shik tinha tido um resfriado, e, como Gyeong-hee, relutante em deixá-lo naquele estado, não podia faltar a reunião, decidiu colocá-lo nas costas e ir à praça. Myeong-shik pegava resfriados com facilidade, o que talvez fosse resultado de uma constituição frágil, mas aquilo parecia se tratar de outra coisa — seu corpo pequenino ardia nas costas da mãe, o que levou Gyeong-hee a acreditar que não devia simplesmente colocar a culpa pela febre num mero nariz escorrendo.

O grupo dela estava à frente da coluna mais à esquerda na praça, logo abaixo do olhar fulminante de Karl Marx. Na névoa do crepúsculo, antes de ligarem a iluminação elétrica da praça, aquele rosto negro-avermelhado coberto de pelos causaria calafrios até mesmo nos mais impassíveis membros do partido. Talvez tenha sido isso que causou uma estranha lembrança em Gyeong-hee — uma frase do início do *Manifesto comunista*, que ela leu em algum momento durante a faculdade.

"Um espectro ronda a Europa — o espectro do Comunismo."

Teria Marx inadvertidamente escrito sua própria autobiografia? A frase era uma descrição misteriosamente adequada para a aparência de seu retrato naquele momento: mais parecida na forma com uma presença espectral do que com um ser humano de verdade, alguém arrancado de uma lenda pavorosa. Normalmente, a mentalidade prática de Gyeong-hee não faria esse tipo de especulação, mas ela estava ansiosa com Myeong-shik, preocupada por achar que de alguma forma ele poderia atrapalhar a reunião.

Esses temores logo se mostrariam bem fundados; os nervos dele, já à flor da pele por causa da multidão ao redor, não resistiram quando o discurso de abertura ressoou no alto-falante e o menino, que até então fungava só um pouquinho, começou a chorar a ponto de soluçar, desesperadamente. Gyeong-hee tinha certeza de que estava ouvindo outras pessoas a repreendendo por trazer uma criança berrando para uma reunião importante como aquela, chiando para que ela fizesse a criança parar. Rapidamente, passou o menino das costas para o peito e o embalou de leve nos braços, falando coisas tranquilizadoras no volume mais alto que ousava. Mas o menino continuava chorando.

Olhando em volta, como último recurso, ela colocou seu rosto diante do rosto do menino. "Eobi! Eobi! O assustador Eobi vai levar Myeong-shik se ele for malvado", ela murmurou. Não funcionou. E então ela teve uma ideia. Desta vez, ergueu o menino para que seu olhar recaísse diretamente sobre o retrato de Marx, murmurando "Eobi!" em seu ouvido o tempo todo.

De repente Myeong-shik engoliu o choro, e Gyeong-hee suspirou aliviada. Mas um instante depois, o pequeno incêndio que ela tinha nos braços, que apertava o rosto contra seu peito como se estivesse tentando cavar um túnel para entrar nela, começou a ter as mais estranhas convulsões.

"Myeong-shik, Myeong-shik, não! Este menino..."

Gyeong-hee estava assustada. Os cantos da boca do menino tinham espuma, e os olhos estavam vidrados e desfocados. Caso houvesse um médico por ali, a história poderia terminar em desastre. Na semana anterior, Myeong-shik tinha tido ataques semelhantes em duas outras ocasiões, apavorado pelo Eobi que via da janela do apartamento. Essas convulsões poderiam ter sido facilmente prevenidas caso Gyeong-hee tivesse tomado mais cuidado — ela tinha fechado a cortina dupla apenas sobre a janela da face oeste, quando deveria ter fechado as duas. Myeong-shik estava tremendo por aquele terror inicial; a seus olhos, o retrato de Kim Il-sung tinha o rosto do assustador Eobi.

Agora, embora tivesse se assegurado de fechar totalmente as duas cortinas, Gyeong-hee estava longe de ficar tranquila ao ver como o filho mal se divertia com seus brinquedos. A qualquer momento, ela esperava ouvir as palavras "Quinto andar, apartamento nº 3!" explodindo na rua lá embaixo, na apavorante voz da secretária local do Partido. Caso isso acontecesse, seria a terceira vez, e dessa vez, ela sabia, a secretária não se deixaria enganar com uma desculpa qualquer ou com um pedido de perdão.

"Quinto andar, apartamento nº 3!"

Será que ela tinha imaginado?

"Quinto andar nº 3!"

"Ah, sim." Mesmo depois de admitir para si mesma que a voz era real, Gyeong-hee precisou de alguns momentos para conseguir falar, e seu tom casual pareceu forçado a seus ouvidos.

"Por favor, desça."

Então é isso... Gyeong-hee pegou Myeong-shik e o levou para fora do apartamento, arrastando os pés para descer a escada.

"De novo, camarada Gerente? Depois de tudo que eu disse?"

Embora tivesse bem mais de quarenta anos, a secretária local do partido ainda tinha nos lábios o rubor da juventude, e seus óculos de armação branca não tinham lentes de grau. A voz dela, por outro lado, era fria e sem cor.

"O fato, camarada Secretária, é que..."

"Basta. Será que eu realmente preciso desenhar para você pela terceira vez?" Pareceu ser uma pergunta retórica, já que a mulher passou imediatamente a seu discurso de sempre antes de Gyeong-hee ter tido a chance de questionar a necessidade daquilo. "Camarada Gerente, a senhora tem algo contra a cortina de nylon que o Partido teve a bondade de lhe fornecer? Fornecer, na verdade, por especial consideração às casas de nossa rua, que têm a honra de estar no coração da cidade, um local que muitos estrangeiros em breve visitarão para assistir às festividades. Será que a senhora se ressente do fato de as cortinas não terem sido cortesia?"

"Não é isso, é só que..."

"Olhe. Todas as outras casas têm as mesmas cortinas, para que a rua pareça bonita e uniforme. E seria assim, caso o seu apartamento não estivesse se destacando como um dedão inflamado!"

Apontando um dedo em riste na direção das cortinas escandalizantes, a secretária franziu a testa primeiro para elas e depois para a própria Gyeong-hee.

"Bom, como eu disse, não é que eu..." Outra vez, Gyeong-hee foi interrompida.

"É a mesma história sempre. Por que você teima em fazer isso, camarada Gerente? Você pode usar sua influência no trabalho, mas a vida coletiva é outra coisa!"

"Você está exagerando..."

"Exagerando?", berrou a secretária, embora a contestação de Gyeong-hee tenha sido formulada da maneira mais suave possível. Ela começou a folhear o caderno vermelho que levava debaixo do braço.

"Tendo em vista a lealdade de sua família ao Partido, vou ser sincera e dizer em que pé as coisas estão. Recebi um relato, com data de 6 de setembro. 'No apartamento 3 no quinto andar do edifício 5, todos os dias das seis da tarde até a manhã seguinte, cortinas azuis duplas ficam fechadas em ambas as janelas. Acho extremamente suspeito. Pode ser algum tipo de código secreto para que se comuniquem com espiões.'" Fechando o caderno bruscamente, a secretária dirigiu um olhar cortante para Gyeong-hee. "Um relato como esse deve ter chegado também a outros ouvidos, não só aos meus, camarada Gerente. E você ousa dizer que sou eu que estou exagerando?"

De início, os olhos de Gyeong-hee ficaram arregalados com o choque. Quase imediatamente, ela sentiu algo fervilhando, se movendo dentro de seu corpo com calor e substância reais. Pessoas ousadas — que resistem sem ter medo de nada — sabem como se controlar quando precisam. Mas chega um momento em que a paciência acaba e, quando isso acontece, a força de sua personalidade se manifesta com o dobro da intensidade.

"Código secreto? Espiões?" A gargalhada de Gyeong-hee finalmente explodiu, uma risada copiosa que ela não conseguia controlar. Ela riu por tanto tempo e tão alto que Myeong-shik choramingou assustado, e a secretária pareceu um pouco intimidada.

"Está bem", Gyeong-hee prosseguiu, ainda rindo, "vou te contar". Ao endireitar as costas e ficar completamente ereta, e ajeitar Myeong-shik no braço, sua estatura imponente voltou a fazer par com um ar de dignidade e domínio. A gargalhada serviu como uma peneira, que escoou as preocupações mais miúdas até que restassem apenas seus nervos de aço. O que ela podia temer?

Mesmo quando andava até a escola, na infância, com cabelos cortados em forma de tigela e sua mochila, a faixa vermelha no braço dada como prêmio àqueles cuja personalidade e comportamento os tornavam destinados a uma carreira brilhante no Partido era um elemento quase permanente no seu uniforme, e continuou no seu braço até a época da faculdade. Depois de se formar e de conseguir um cargo invejável, ela manteve seu posto como filiada ao Partido e recebeu responsabilidades cada vez maiores. Ser filha de um mártir da Guerra da Coreia significava que sua posição era segura o bastante para que ela não se visse ameaçada por pequenos deslizes que inevitavelmente aconteciam de tempos em tempos.

Seu marido, embora formado em uma academia revolucionária de prestígio, não tinha a mesma confiança, nem a aparência determinada da mulher. Timidez hereditária era o único motivo para vacilar diante de algo como uma criança com problema de nervos! Então o filho achava o retrato de Marx assustador; por acaso isso significava que eles se opunham à ideologia dele?

"Afinal", ela continuou, a voz um pouco rouca em função de um ronco de diversão, "será que a história pode ser pior do que você imaginava, que eu devia ser denunciada como espiã?" Começando pelo incidente durante a manifestação, Gyeong-hee contou longamente o problema de Myeong-shik, terminando com a explicação das cortinas duplas.

A secretária franziu a testa.

"Mas por que cobrir também a janela deste lado? Não dá para ver o retrato de Marx dali."

"Não, mas dá para ver o do Grande Líder."

"E daí?"

"Você conhece o ditado: criança que tem medo de tartaruga se assusta com tampa de bueiro."

"O quê? Seu filho se assusta com o retrato de nosso Grande Líder?" Por trás das lentes, o olhar da secretária pareceu ficar mais penetrante de repente, mas Gyeong-hee não se intimidaria mais com esse tipo de coisa.

"Em todo caso", ela completou, "agora que expliquei tudo, espero que você entenda. Não posso trancar meu filho num armário, nem ficar de olho nele vinte e quatro horas por dia, então o que mais eu posso fazer? Mas amanhã, durante a cerimônia, prometo deixar as cortinas abertas."

"Isso não é aceitável", a secretária insistiu, sua voz cortada subindo de tom à medida que chegava ao final do que tinha a dizer. "Isso não é uma discussão tola sobre a mobília de uma casa. A análise marcada para depois da cerimônia servirá para extirpar qualquer desvio em relação à ideologia do Partido — você está ciente disso, camarada Gerente? Não tenho mais nada a dizer."

Quando Gyeong-hee pensou na resposta que devia dar, a secretária já havia virado a esquina, desaparecendo como um falcão-negro que voa levando sua presa.

Menos de duas horas depois, os dois jogos de cortinas foram retirados do apartamento nº 3 no quinto andar do edifício 5, mas não pela própria Gyeong-hee.

Ela estava na cozinha preparando o jantar, batendo barulhentamente potes, panelas e fechando portas de armários, lembrando o desprezo nas palavras da secretária. Por isso, quando o marido entrou no apartamento, ela nem percebeu — ele só devia chegar em casa uma hora depois.

"Por que você fechou as cortinas duplas?" Assustada, Gyeong-hee voltou-se e viu o marido parado na porta da cozinha, ainda segurando a maçaneta, como se relutasse em entrar. Suas sobrancelhas, duas barras espessas que contrastavam com a palidez de sua pele, se curvaram no meio da testa como para formar o ideograma do número oito. "Então? Por que você fechou as cortinas de novo?"

Três sulcos verticais se formaram na testa de Gyeong-hee quando ela parou de picar a berinjela, formando o ideograma de "corrente" para combinar com o "oito" de seu marido.

"Responda!"

Vendo o marido andar a passos largos até as janelas e rasgar as cortinas duplas, Gyeong-hee deixou de lado o que estava fazendo e saiu da cozinha, pegando Myeong-shik do chão, onde ele estava brincando.

Depois de dar um fim nas cortinas, o marido de Gyeong-hee se virou para ela.

"Quantas vezes eu te disse para se livrar dessa droga de cortina? Pelo que estou vendo, o que eu digo entra por um ouvido e sai pelo outro. Se você ainda fosse uma noiva inexperiente recém-chegada da província talvez desse para desculpar, mas você já teve tempo mais do que suficiente para entender Pyongyang a essa altura. Como é possível que ainda não perceba o modo como as coisas funcionam nesta cidade?"

Subitamente desanimado, ele desabou no seu lugar de sempre, perto da parede, ainda encarando Gyeong-hee como se não acreditasse.

"Ontem mesmo eu não te contei sobre o 'coelho com três tocas'? Que nós precisamos ser como o coelho que mantém três tocas para se esconder quando for necessário, que todo cuidado é pouco? Essa é a moral da história. Sempre teste uma ponte de pedra antes de atravessar, para saber se ela aguenta o peso. Essas são as regras para morar em Pyongyang. Então me diga o que foi que deu na sua cabeça, justamente num dia como hoje?"

Ao ver que não teria resposta, o marido de Gyeong-hee tirou os cigarros do bolso, enfiou um entre os lábios e acendeu. Ele tragou várias vezes, rapidamente, com um ruído forte dos lábios, soltando toda a fumaça dos pulmões como se fosse um longo suspiro, e se levantou, de certa forma recuperando o ânimo.

"Qual é a teoria mais importante do pensamento de Marx?", ele perguntou, apontando com o braço para o retrato do próprio.

"Ah! Primeiro você fala que faz tempo que eu fui noiva, e agora quer que eu volte para a sala de aula?"

"A ditadura do proletariado. Tanto a teoria do capital quanto a construção do comunismo científico se relacionam com ela, claro, mas são aspectos secundários. Se o capital é a arma do capitalismo, a arma do socialismo, que domina a vida de todo mundo aqui, é a ditadura do proletariado. Uma ditadura do povo! Sim, o povo desta cidade compreende bem demais a realidade dessa ideia. É por isso que vivem de acordo com os princípios do 'coelho com três tocas'. Mas você vive sem tomar cuidado, achando que está acima de qualquer crítica por ser filha de um mártir. Você acha que isso vai adiantar alguma coisa no dia que cometer um deslize e o povo se voltar contra você? Acha que o Eobi é só um conto de fadas?"

Os olhos dele ardiam de paixão. Quando foi que o marido dela, sempre dócil e meigo, demonstrou tamanho fervor? Mas Gyeong-hee estava impaciente demais para perder tempo pensando nessa mudança.

"Chega!", ela gritou assim que teve chance. "Não sei o que deu errado no trabalho para você ficar tão mal-humorado, mas não tenho tempo para ficar aqui escutando sermão."

"Pelo amor de Deus, como é que você pode ser tão ingênua?" O marido batia o pé no chão, frustrado. "'Um dia ruim no trabalho?' Eu estou vindo do departamento de informação!"

"Do departamento de informação?" Empalidecendo, Gyeong-hee semicerrou os olhos e examinou com mais atenção o marido. Depois riu, aliviada, quando percebeu o que estava acontecendo. "Ah! Entendi. Por causa do 'código secreto', é isso?" Ela riu de novo.

"O quê? Você também foi chamada para ir lá?"

"Não, mas a secretária da nossa rua veio aqui e me contou dessa denúncia que fizeram contra a gente. Ela deu a entender que o assunto podia ter chegado a alguém num nível mais alto."

"E o que você disse para ela? Sobre o motivo para as cortinas?"

"A verdade, claro. Você acha que isso é pior do que ser acusada de espionagem? Um 'código secreto' — ha!"

"Não tem motivo para rir! Tentei explicar que Myeong-shik deve ter herdado meus nervos fracos, e que é por isso que ele fica assim, e sabe o que o chefe do departamento disse?"

"Não, o quê?"

"Que não são só aspectos físicos que a criança herda — que o modo como pensam também vem dos pais."

"Ele disse isso mesmo?"

"Disse! E o que isso diz sobre nós, se nosso filho herdou de nós o medo do retrato do Grande Líder? Me diga."

"Mas isso é ridículo..."

"É mesmo? É simples como dois mais dois."

Pela janela algo brilhou como uma faca, seguido por um barulho impressionante, como se um barril de metal se estilhaçasse depois de despencar dos cinco andares do prédio em que eles moravam. O vento fechou com um estrondo a porta da frente, que o marido de Gyeong-hee, na pressa, deixara aberta; mal o eco sumiu, foi substituído pelo barulho suave da chuva batendo na janela.

A chuva continuou até tarde da noite, várias vezes se reduzindo a apenas um murmúrio para voltar em um novo crescendo. O sono de Myeong-shik foi tão agitado que mal merecia esse nome, e Gyeong-hee precisou ficar sentada ao lado dele a noite toda, tranquilizando o menino a cada crise de choro.

Era a noite anterior ao Dia Nacional, um dia de comemorações que a cidade inteira esperava havia meses, e Gyeong-hee estava tão cansada que ficava pescando sentada ao lado do filho. Sempre que a chuva abrandava, as lanternas elétricas que enfeitavam a rua voltavam a acender, e sua luz fazia flores multicoloridas brotarem nas janelas. Se fosse outra data festiva, o Ano-Novo Lunar ou o Festival da Colheita, essa visão teria animado Gyeong-hee, mas essas luzes pareciam zombar dela.

Quando despertava assustada de mais um cochilo, automaticamente sua mão procurava Myeong-shik. Mas logo a cabeça voltava a pender para a frente, como um pilão de fazer farinha de arroz.

A chuva crescente, o sussurro do vento, a noite que exceto por isso era silenciosa nas ruas — por fim, todos esses elementos desconexos se uniram para formar um único acorde dissonante, fazendo surgir na mente exausta de Gyeong-hee uma paisagem urbana desconhecida. Um longo grito vindo de algum lugar reverberava por toda a cidade dormente. *Eo-bi*.

"O que você está fazendo andando à toa por aí quando devia estar dormindo em casa? Quer estragar as comemorações de amanhã?"

Mas o que era isso? Uma figura monstruosa e cabeluda sobre dois dos edifícios mais altos da cidade, com um pé em cada um? Isso mesmo! Ninguém menos do que o próprio Eobi!

Apavorada por ter enlouquecido, Gyeong-hee se virou e começou a correr para salvar sua vida. Mas os pequenos rostos nervosos que espiavam de cada janela, todas cheias como as células de uma colmeia, perscrutando os movimentos da rua lá embaixo, não eram de pessoas, e sim de coelhos! Eram os coelhos da fábula, daquela fábula que o marido decorou quando menino. Mas como foi que Gyeong-hee ficou presa nessa história?

Olhando freneticamente ao redor — agora ela estava de volta ao apartamento, mas o pesadelo prosseguia — ela viu outro coelho deitado na cama do lado de lá, um espécime particularmente patético. Sua boca formava um O de surpresa que causava pena, mas ele dormia pesado e roncava como um trovão. Deve ter sido o rugido torturante do Eobi que o deixou tão exausto! Mas o que era aquela fileira de pequenos dentes brancos que ela viu dentro da boca entreaberta? Nossa, não era um coelho — era o marido dela!

"Ma-mãe!"

"Ah, ah! Durma, durma, Myeong-shik..."

Mesmo em meio a seu transe, Gyeong-hee reproduzia mecanicamente os movimentos para tranquilizar o inquieto Myeong-shik, mas agora seus gestos começavam a ficar novamente mais lentos, pouco a pouco. Ela voltou para aquele mesmo sono em que, apesar do vento uivante, a exausta cidade se preparava.

Assim que o dia amanheceu, as pessoas correram para as janelas e olharam ansiosas para cima. Jovens ou velhos, homens ou mulheres, não havia uma só pessoa na cidade que não estivesse examinando o céu, tentando prever o tempo. Os indícios estavam longe de ser promissores — o céu se cobria de nuvens negras, ameaçando tornar ainda mais forte a chuva, que não parava.

Perto de seis da manhã, porém, pareceu que isso era apenas um alarme falso — a chuva cessou e o céu deu as caras como se nada tivesse ocorrido. Nos quartéis, nas escolas e nas fábricas, as centenas de milhares de participantes começaram a se agitar, tudo de acordo com o plano.

Mas não tinham se passado sequer trinta minutos e o céu deu outro espetáculo bombástico. Desta vez, o que caiu não foi uma mera chuva, e sim um aguaceiro que despencava em grandes e vigorosas camadas, o suficiente para causar um tumulto na cidade inteira. Bueiros transbordaram água na sarjeta, e as pessoas se refugiaram onde foi possível — no metrô e em prédios residenciais, em estações subterrâneas e em pontos de ônibus cobertos, debaixo de toldos de prédios públicos ou de soleiras de portas — vendo desanimadas a furiosa torrente.

Os relógios marcaram oito horas, depois nove... Só quando o ponteiro mostrou que faltavam apenas quarenta e cinco minutos para as dez horas, o horário previsto para o início da cerimônia, a chuva parou abruptamente, como se o céu estivesse dando sua relutante permissão para que tudo seguisse como planejado. Um arco-íris se dependurou entre a ilha Yanggak e o monte Moran, como uma faixa onde bem poderia estar escrito "Impossível manter a cerimônia no horário programado". Trechos de um azul límpido começaram a aparecer, e todos os indícios eram de um dia de sol glorioso.

Agora seria possível ir em frente com a cerimônia como planejado, com a cidade lavada e limpa servindo de elegante pano de fundo — desde que as centenas de milhares de pessoas espalhadas pelo centro conseguissem convergir para a praça Kim Il-Sung nos próximos quarenta e cinco minutos. Mas isso seria o mesmo que esperar que folhas novas brotassem de árvores mortas. No lugar da chuva, o céu começou a crepitar com incontáveis transmissões de rádio, incluindo transmissões de algumas das principais emissoras de certos países ocidentais. "Os festejos do Dia Nacional da Coreia do Norte, planejados por três meses, são adiados devido a uma chuva torrencial!" Foi assim que os estrangeiros demonstraram sua ignorância sobre Pyongyang.

"Cidadãos, sua atenção. A cerimônia será realizada conforme o programado. Todos os participantes devem, sem exceção, se apresentar nos lugares designados."

Essa transmissão da Emissora de Rádio 3 levou a mensagem estridente ao tímpano coletivo da cidade. Dos metrôs e dos prédios residenciais, das estações subterrâneas e dos pontos de ônibus cobertos, dos toldos dos prédios públicos e das soleiras das portas, as pessoas saíram correndo como balas de um revólver. Apenas Gyeong-hee permaneceu onde estava, sozinha com Myeong-shik no silencioso apartamento. Ela ouviu a transmissão como todo mundo, compreendeu a ênfase implícita nas palavras "sem exceção", mas sabia que estava isenta da chamada de sua unidade — ela tinha que cuidar de uma criança doente. Pelo menos o apartamento ficava em uma localização invejável, o que significava que ela teria uma visão privilegiada da cerimônia. Indo até a janela, olhou para a imensidão da praça — ainda deserta, apesar das insistentes transmissões no rádio, e faltando só trinta e cinco minutos.

Trinta minutos, vinte e cinco...

Então um milagre começou a acontecer. Uma a uma, começaram a se formar colunas na praça, divididas com a clareza de blocos de tofu. Cada coluna acumulava novos blocos em rápida sucessão, como se a frase "sem exceção" fosse um longo espeto de aço atravessando a cidade, recolhendo as pessoas em grupos e deixando-as imediatamente na praça. Por fim, faltando apenas cinco minutos para o início, a praça inteira era um oceano de cores, com as colunas se estendendo dos dois lados da Loja de Departamentos 1, passando em frente ao Palácio das Crianças e prosseguindo até o cruzamento da Yangcheon.

Funcionários públicos de alto escalão começaram a seguir para a plataforma VIP. Um silêncio desceu sobre a praça, que tremia com palpitações como o mar depois que uma tempestade acaba de cessar.

"Informe aos cidadãos. Criamos um milagre hoje aqui que fez pessoas do mundo inteiro estremecerem de espanto. Cem mil cidadãos se reuniram aqui na praça Kim Il-sung. Cem mil cidadãos em quarenta e cinco minutos..."

Sem perceber, Gyeong-hee apertou as mãos juntas em frente ao peito ao ouvir essa nova informação na Emissora de Rádio 3. Por algum motivo, seu coração começou a estremecer.

"Estremecer!" Sim, essa era a palavra exata. O que tinha acabado de acontecer diante dos olhos de Gyeong-hee era um espetáculo espantoso, mas que causava em quem o via não a admiração de estar testemunhando um milagre, e sim terror. Nem mesmo a ameaça de uma morte imediata podia causar uma obediência tão incondicional. Que força apavorante levara essa cidade a parir uma agitação tão incompreensível?

Na verdade, Gyeong-hee não precisou esperar muito pela resposta.

A avaliação pós-cerimônia durou uma semana em várias cidades do país. Nos salões em que cada unidade recebia sua avaliação, o tom duro do secretário do Partido era pontuado por batidas de mão no púlpito. Os que recebiam essa repreensão ficavam de cabeça baixa, apertando os lábios para engolir as lágrimas ardentes e sufocar os gritos de desespero.

Qualquer coisa que se julgasse ter atrapalhado as comemorações, mesmo algo tão pequeno como a chamada falta de fervor, era exaustivamente justificada. A punição mais severa tendia a ser a expulsão da capital — "banimento" era o termo oficial. Essa punição era aplicada com implacável eficiência. Os banidos não tinham sequer permissão para fazer as malas. Assim que o veredito era dado — "Camarada, seu comportamento durante as comemorações foi julgado inaceitável; de acordo com as regras do Partido, seu domicílio será realocado para o interior" — a punição era executada imediatamente.

Sob observação minuciosa de um representante do departamento de informação, vários oficiais chegavam com sacolas de palha e sacos de arroz, em que os pertences eram postos com tanta rapidez que nunca havia tempo para reclamações dos infratores. As coisas eram feitas de modo a deixar o menor tempo possível antes da partida do trem com destino ao novo lar. O representante do governo ficava ao lado dos infratores o tempo todo, na caminhonete rumo à estação ferroviária e depois dentro do trem, tão preocupado em levá-los a seu destino — tão distante de Pyongyang em todos os sentidos, a ponto de parecer outro país — que nem por um momento os perdia de vista.

E foi justamente isso que aconteceu com Gyeong-hee e sua família. O veredito foi bem o que o marido previu: "Negligência ao educar o filho segundo bons princípios revolucionários, com efeito negativo sobre a cerimônia do Dia Nacional; além disso, comentários grosseiros sobre o retrato de Karl Marx, pai do comunismo, e comparação do retrato do Grande Líder a uma tampa de bueiro. Os acusados são portanto culpados de colocar em risco a preservação da ideologia de nosso Partido..."

Havia quatro passageiros na caminhonete, que saiu perto de meia-noite, com o ar gelado de meados de setembro cortando até os ossos: Han Gyeong-hee, seu marido Park Sung-il e o filho Park Myeong-shik, além do representante do departamento de informação, agachados na caçamba em meio aos pertences da família. O banco do passageiro estava vazio, mas o representante do governo, sempre atento a suas atribuições, preferiu ficar junto com a família.

A criança chorava sem parar. Seus soluços exaustos, monótonos, e o capuz de cânhamo atado sob o queixo de Gyeong-hee criavam uma imagem forte do sofrimento da família. O marido fumou como uma chaminé a viagem toda, e quando uma fagulha do cachimbo caiu em uma das trouxas de roupas, fazendo um buraquinho no tecido, ninguém se mexeu para apagar.

Antes de partir, o motorista precisou se debruçar sobre o motor, convencendo a máquina a voltar à vida. Mesmo esse breve intervalo bastou para uma multidão de pensamentos se acumular na cabeça de Gyeong-hee. Eles surgiam um logo após o outro, numa desconcertante procissão de fragmentos desconexos. Lá estavam os cacos de louça que ela usara para servir uma refeição de areia quando ainda tinha idade para brincar de casinha, e a vez em que ela brigou com o filho do vizinho, que ousou chamá-la de moleca. Ou aquelas férias de inverno no primeiro ano da faculdade, quando chegou em casa depois de pegar o trem noturno sozinha para cruzar o país, uma distância de cerca de trinta *ri*.* "Olhe essa menina!", a avó dela exclamou. "Ela não

* Um *ri* equivale a 392.727 metros. (N. E.)

tem medo? Deve estar possuída pelo espírito de algum general!" E era verdade — tendo um pai mártir para fortalecer seu atrevimento inato, até hoje Gyeong-hee tinha realmente vivido sem saber o que era sentir medo.

No entanto, agora o medo parecia ser o que governava toda a sua existência.

A porta do motorista bateu e o motor rugiu, ganhando vida. O som estilhaçou os pensamentos de Gyeong-hee, e seu campo de visão se estreitou, reduzido apenas à janela ao seu lado, que tinha uma luz brilhante como se alguém tivesse ido se despedir deles. Gyeong-hee se mexia e tossia enquanto o carro sacolejava pelo caminho, tentando expelir a coluna de vapor d'água que parecia arder atrás de seu esterno.

Será que era o olhar cortante do representante do governo que causava essa sensação de ardência dentro dela? Ou seriam as lanternas decorativas penduradas no telhado do prédio do departamento de estado, que pareciam dar ordens para que ela encaminhasse seus pensamentos pelas vias adequadas? Seu olhar vazio se deslocou, e os dois retratos da praça apareceram enormes diante dela: Karl Marx, seus traços soterrados por um mar de barba hirsuta; e Kim Il-sung, seus lábios formando uma linha austera, de desaprovação. Dois "espectros" vermelhos berrando para Gyeong-hee: "Chega de ficar remoendo, isso é inútil, camarada! Você se atreve a pensar que recebeu uma punição injusta? Quando receber uma ordem, obedeça, sem exceção. Sem exceção, está ouvindo? Você não sabe a quem esta cidade pertence?"

Esses espectros ameaçadores, implacáveis, fizeram com que Gyeong-hee mantivesse dentro de si sua dor e acabaram com qualquer esperança de perdão.

Seus membros começaram a tremer, e não só pelo frio de setembro. O medo inchava dentro dela — o medo, algo que precisava ser inoculado em você desde o nascimento para que você pudesse sobreviver neste país. Agora, enfim, ela sabia a resposta do enigma, compreendia a força que movia cem mil pessoas como marionetes puxadas por fios. Se o marido quisesse interrogá-la agora sobre a teoria mais importante de Marx, ela poderia responder de modo muito mais sério, rigoroso, confiante.

A caminhonete seguiu rápido rumo à estação. De ambos os lados da rua, os grupos de janelas de apartamentos misteriosamente faziam com que ela lembrasse o sonho da noite anterior ao Dia Nacional: o "coelho com três tocas"... Embora fosse quase meia-noite, Gyeong-hee tinha a sensação de que centenas de silhuetas pairavam naquelas janelas, espiando como coelhos em suas tocas, olhos semicerrados como os de quem faz uma acusação. Se o Eobi ordenasse, diziam as silhuetas, eles se reuniriam na praça num tempo ainda menor do que da outra vez, sem exceção!

Abril de 1993

A VIDA DE UM CORCEL VELOZ

Uma manhã fria. O brilho duro da neve cobria a paisagem e o céu era cortado por ondas de fumaça, que saíam tremendo de chaminés em bruscas lufadas.

Atrapalhado pela pressa, Jeon Yeong-il destrancou a porta do escritório e correu para dentro, direto para o aquecedor, colocando as mãos trêmulas sobre o aparelho como em súplica. O telefone tocava estridente, mas ele podia lidar com isso depois de se aquecer. Se é que era possível — ele conhecia cadáveres que liberavam mais calor do que aquele aquecedor. A caldeira, feita para funcionar a carvão, agora tinha de trabalhar com qualquer mistura de serragem úmida que se conseguisse arranjar, zumbindo e vibrando como se ficasse exausta por cumprir sua função. O fornecimento de carvão e de lenha também havia sido suspenso nas casas dos trabalhadores, o que significava que a única correia transportadora de serragem da fábrica precisava abastecer também suas lareiras, lareiras que antes pareciam um presente dos céus, um privilégio reservado aos felizardos que conseguiram cargos na fábrica. Agora, com a situação se agravando a cada dia, o trabalho causava dor até na medula.

"Droga!", Yeong-il disse baixinho, muito irritado. Além do telefone exigindo incessantemente sua atenção, as mãos teimavam em não descongelar; na verdade, ele irradiava mais calor do que o maldito aquecedor, seu hálito tendo escurecido o gelo na janela que o aparelho não chegou a tocar. Eles estavam cada vez mais perto do momento em que o escritório ficaria grato pelo calor dos funcionários, e não o contrário. E se o gabinete do supervisor, reservado para os empregados da fábrica com estrela no ombro e arma no cinto, fora reduzido a esse estado lastimável, imagine o que enfrentavam os operários comuns.

"Ah, droga!", praguejando de novo ao obstinado telefone, Yeong-il pegou o aparelho.

"Alô, é do escritório do supervisor da fábrica?", uma voz masculina forte saiu do fone numa explosão quando ele ainda estava a meio caminho do ouvido de Yeong-il.

Foi possível reconhecer instantaneamente o sujeito pelo grave defeito de fala: era Chae Gwang, chefe de comunicações da polícia militar. Não era o tipo de pessoa que você pudesse deixar esperando; no entanto, Yeong-il estava gelado demais para se preocupar em responder. Com sorte, ele poderia seguir apenas murmurando enquanto Chae dizia o que tinha a dizer.

"Alô! Aqui é Chae Gwang!"

"Ah, alô, camarada Chefe!" Yeong-il forçou algum entusiasmo na voz apagada. "A que devemos..."

"Hoje não estou ligando como chefe de comunicações. Esse é um assunto de vigilância."

"Vigilância? Houve algum tipo de incidente?"

"Bom, vamos ver o que era... Ah, sim! 'Irya Madya'! Você tem um homem com este nome na sua fábrica, certo?"

"Sim, exato, embora seja só um apelido, claro. O verdadeiro nome dele é Seol Yong-su."

"Seol Yong-su?"

"Você nunca ouviu falar dele? É um lutador, ou pelo menos foi quando estava no exército. Ele era um sujeito bem famoso, um cara realmente forte... Terminava todas as lutas do mesmo jeito, girando o adversário sobre a cabeça, berrando 'Irya Madya' como se fosse um grito de guerra, mandando o cavalo ir mais rápido. Mas claro que isso já foi há um bom tempo." Arrastado sem querer para a conversa, Yeong-il aos poucos se esqueceu das mãos dormentes enquanto contava a história desse Yong-su, que conhecia tão bem.

"Então é daí que vem esse apelido bizarro?"

"Bom, não exatamente. Ele é cocheiro, sabe, sempre foi, e essa é a frase que ele usa para incitar os cavalos. Ele sempre fica sentado em silêncio nas reuniões da fábrica, e na única hora em que decide que tem alguma coisa a dizer, se perde e começa a murmurar baixinho para si mesmo: 'Vamos lá, o que era mesmo? Irya Madya!'. Sabe, como se estivesse dando esporadas em si mesmo..."

"Hahaha!" A gargalhada gorgolejante de Chae Gwang soou tão absurda que Yeong-il não pode deixar de responder com uma risadinha.

"Mas dá para entender. Desde criança ele sempre foi forte como um touro, mas nunca pisou numa escola. É uma visão e tanto, ele em cima da carroça, uma montanha de bagagem atrás, correndo como o vento e gritando 'Irya Madya'. As pessoas na rua param e ficam assistindo de olhos esbugalhados."

"Sim, sim, mas no fundo que tipo de homem ele é?"

"No fundo?" Yeong-il ficou em silêncio por um tempo, começando a suspeitar que não ia escapar da conversa tão fácil. Com a mão livre ele puxou a cadeira, colocou bem perto do aquecedor e sentou. Com o telefone preso entre o queixo e o ombro, conseguia pôr as duas mãos sobre o aquecedor. O cabo enrolado do telefone esticou até ficar liso, e o próprio Yeong-il não estava menos tenso, uma vez que a conversa, já irritante, parecia ficar sinistra, com Chae Gwang tentando fisgar informações sobre Seol Yong-su.

O forte vínculo que unia Yeong-il e Yong-su não era segredo entre os muros da fábrica. Quase todo mundo sabia que os pais de Yeong-il e de Yong-su cresceram como irmãos na época da ocupação japonesa, tendo a amizade consolidada pelas dificuldades que compartilharam e por uma série de vezes em que viram a morte de perto. Nas décadas que se seguiram à libertação, essa amizade jamais diminuiu, e, poucos anos atrás, quando o pai de Yeong-il morreu, o relacionamento íntimo foi herdado pelo filho, que continuava chamando Yong-su afetuosamente de "tio". Agora que Chae Gwang, justamente ele, estava escavando em busca de informações, Yeong-il não conseguia conter certo nervosismo.

Chae Gwang presumiu que Yeong-il estava em silêncio há tanto tempo por estar procurando os documentos oficiais de Yong-su, e sua paciência estava acabando. Ele pigarreou alto.

"Na minha opinião, camarada Chefe... No fundo, ele é uma pessoa que nunca deu motivo para reclamações no trabalho." Yeong-il disse isso de maneira firme, como se estivesse colocando um ponto final no assunto. Mas Chae Gwang não desistiria assim.

"Isso não significa muita coisa", ele disse irritado. "Não fique enrolando, homem. Quero detalhes."

"Muito bem. Ele entrou para o Partido Comunista logo depois da libertação e foi condecorado por seu heroísmo na guerra. Um trabalhador revolucionário, em outras palavras, que se dedicou unicamente ao estabelecimento e à preservação do socialismo, junto com seu trabalho como cocheiro. Na verdade, acabo de vir de uma cerimônia de entrega de medalhas e, mais uma vez, o nome de Seol Yong-su foi chamado. Segunda Ordem do Mérito. Ele deve ter uma dúzia de prêmios a essa altura."

"E qual é o motivo disso, na sua opinião?" Agora era a hora de arriscar a pergunta que Yeong-il vinha querendo tirar do peito. Talvez não houvesse oportunidade melhor.

"O que aconteceu exatamente, camarada Chefe?"

"Tem uma árvore velha no quintal desse sujeito, certo?"

"Sim, exato, um grande olmo."

"E a linha telefônica da polícia militar passa bem perto deste olmo."

"Sim, e daí?"

"E daí que nossos homens foram desemaranhar a linha anteontem, e, como a árvore estava atrapalhando, eles decidiram cortar um galho — só um galho, você entende?"

"E?"

"E sabe como esse 'Irya Madya' reagiu? Ficou completamente alucinado, como se estivesse tendo um ataque, gritando e ameaçando dar com o machado em quem ousasse tocar na árvore. Brandindo um machado de verdade na cara deles!"

"Um machado?"

"Um machado! O que significa que meus homens voltaram sem ter feito o trabalho. Imbecis. Foram severamente repreendidos, claro. Não vou deixar um velhote me desafiar!"

Essa última exclamação foi acompanhada de um tremendo baque, provavelmente o som de Chae Gwang batendo na mesa. Yeong-il quase conseguia vê-lo — rosto vermelho e redondo como uma panela de pressão, tremendo de fúria — e a imagem era tão ridícula que fez um filete de riso escapar por uma brecha em meio à tensão. Aquele cabeça-dura ia fazer uma tempestade em copo d'água se alguém desse chance — algo que Yeong-il via agora que precisava impedir.

"Haha, camarada Chefe! Sabe, alguém de um escalão tão grandioso quanto o seu não merece ficar tão agitado por conta disso."

"O quê?"

"O que estou dizendo é que ficar tão preocupado por causa de uma coisa trivial como essa pode fazer mal à sua saúde. Aquele olmo tem uma história, sabe, que pode explicar a reação de Seol Yong-su."

"História? Você acha que tenho tempo para histórias?"

"Sabe, o velho Yong-su plantou aquela árvore com as próprias mãos em 1948, para comemorar sua entrada no Partido."

"Ah, então é uma árvore 'especial', é isso?", Chae Gwang zombou. "Estou morrendo de medo!"

"Exato, uma árvore muito especial." Yeong-il teve de se esforçar para manter o tom calmo e para engolir as palavras que foram correndo sem serem convidadas até a ponta de sua língua: que também havia um olmo no quintal da casa dele, a casa que ele herdou do pai, um olmo plantado no mesmo dia e pelo mesmo motivo.

Quando o exército japonês foi derrotado e a península coreana tornou-se independente, os ideais do recém-estabelecido Partido Comunista soaram como música aos ouvidos dos dois amigos, que passaram os anos de ocupação dando duro em um campo de concentração, guiando parelhas de cavalos e de bois que arrastavam toras para construção. Eles entraram juntos para o Partido, na mesma hora do mesmo dia, cheios de sonhos de prosperidade.

Yeong-il ainda era um rapaz de cabeça raspada quando soube qual era o verdadeiro significado da árvore. Estava atazanando os pais para ganhar um agasalho novo — devia estar perto do Dia do Trabalho — e por fim o pai ficou tão irritado com a choradeira do menino que deu um tapa na orelha dele. Gritando por ter sido maltratado, Yeong-il foi imediatamente procurar o "tio". Encontrou-o no estábulo, passando uma camada nova de reboco antes que o inverno chegasse e os cavalos fossem levados para dentro. De pé no chão de terra, descalço, o homem se virou e cumprimentou o menino amistosamente, depois ficou ali em silêncio, com as mãos na cintura, enquanto Yeong-il falava de seus infortúnios.

"O que, um adulto barbado bateu em Yeong-il? Onde está ele, hein? Só me leve até ele e vamos ver que história é essa!" Yong-su largou a espátula que estava usando, acenou para o menino e o colocou sobre os joelhos, limpando as lágrimas e o muco que escorriam por seu rosto. "Yeong-il!", ele disse, ainda em tom conspiratório: "Na sua casa tem uma árvore igualzinha àquela ali, não tem?" O olhar de Yeong-il seguiu o dedo do tio até encontrar a árvore jovem que se via pela porta do estábulo, mas ele ainda estava chateado demais, e o máximo que conseguiu dar como resposta foi um aceno de cabeça. "Bem, você sabe que tipo de árvore é aquele?"

Confuso por uma pergunta que parecia tola, Yeong-il recuperou a voz. "Um olmo, claro."

"Sim, mas não é um olmo velho qualquer — é um olmo mágico."

"Um olmo mágico?"

"Isso! Quando tiver a altura daquela chaminé, vão chover balas e biscoitos de mel dessa árvore, grandes como folhas."

"Pfff, que mentirona."

"É verdade! Quando o tio mentiu para você?"

"Mas e o meu agasalho?"

"Um agasalho não tem nada de especial — nem se compara a arroz branco purinho com carne todo dia, e roupas de seda, e uma casa com telhas!"

"A gente vai ter tudo isso? Uau!" Yeong-il bateu palmas empolgado.

"Mas escute, Yeong-il! É por saber que esse dia vai chegar que a gente tem que dar duro agora, e trabalhar muito pesado para se preparar para isso. Eu tenho que dar duro com a minha carroça, e você com o seu alfabeto — porque a gente está criando uma nova Coreia do Norte, um país democrático."

"Mas se a gente fizer isso então essas coisas vão realmente acontecer? Carne todo dia?"

"Vão acontecer com certeza."

"Então prometa!" Yeong-il esticou o dedo mínimo, e Yong-su enganchou seu dedo cheio de calos.

"Eu pro-me-to!"

Até hoje, essas sílabas cantadas ecoam altas e claras na cabeça de Yeong-il, cheias da paixão da convicção. Claro, a história que Yong-su contou naquele dia não foi inventada por ele. Os dois homens ouviram aquilo no diretório local do Partido Comunista, estabelecido pouco antes por um quadro enviado por Pyongyang, no dia em que foram pedir para se filiar, tremendo nos paletós finos que eram suas roupas mais quentes. A história do "olmo mágico" foi um enfeite adicional para o sonho ingênuo em que Yong-su já acreditava, envolvendo perfeitamente as expectativas que ele tinha em relação a esse dia que com certeza viria. E essa era a história do "olmo mágico", de raízes tão profundas quanto as da árvore viva, uma história que resumia a vida inteira de Yong-su.

Mas se quisesse que Chae Gwang compreendesse todo o significado do olmo, Yeong-il teria de falar sobre o conteúdo de uma certa reportagem, publicada na revista *Literatura Chosun* quando Yeong-il ainda era menino. Na época, ele leu o artigo tantas vezes que quase o sabia de cor, e os anos nem de longe atenuaram a memória. Tendo decidido que só precisava deixar de lado o nome de seu pai, Yeong-il pôs de novo o telefone perto da boca.

"Camarada Chefe! Eu gostaria de contar um pouco mais sobre essa árvore."

"Por que não? Claro que eu tenho o dia inteiro para isso. Vamos lá, conte as façanhas deslumbrantes dessa árvore extraordinária..."

"Bom, a *Literatura Chosun* certa vez publicou uma matéria com o título 'O Corcel Veloz olha para o futuro'. O texto dizia o seguinte:

Para Seol Yong-su, o olmo era uma bandeira que exibia os slogans de luta, um cartaz que o incentivava a manter a esperança, que o fazia lembrar do futuro de bem-aventurança que está à espera. Mesmo quando a guerra rugia ao redor, quando ele teve de conduzir sua carroça numa travessia arriscada por uma ponte em meio a um incêndio, entregando sua carga de munição em segurança, e depois durante o difícil período logo após a guerra, quando trabalhou na construção da ferrovia Haeju-Haseong, sendo comido vivo por piolhos e mosquitos e morando em uma barraca de sapé, os galhos de seu olmo se agitavam como um pavilhão diante dos olhos de Yong-su, estimulando-o a novas façanhas heroicas com a promessa de uma colheita abundante, do fruto dourado que ele um dia colheria deles. O profundo vínculo entre Yong-su e seu olmo era tamanho que ele chegou a lhe dar o nome de "Corcel Veloz", o mesmíssimo nome dos três cavalos que, em algum momento, puxaram sua carroça. "Irya Madya"! Essa é a canção que resume sua vida, pintando o retrato do brilhante futuro do comunismo, quando todos vão comer carne e arroz branco todos os dias, vestir roupas de seda e viver em casas com telhas.

"Basta", Chae Gwang disse irritado, interrompendo Yeong-il. "Não gosto dessa arenga toda empolada."

A condensação que o hálito de Yeong-il formou no fone, ainda preso entre a orelha e o ombro, agora escorria fininha.

"E, além disso, se ele realmente é tão heroico assim, há mais razão ainda para não atrapalhar nosso trabalho. Especialmente hoje em dia, quando reacionários do mundo todo caluniam nosso socialismo. Não podemos permitir isso! Quem ele queria acertar com aquele machado?... Precisamos agir com rigor. Sem acordos, sem exceções. Não importa o quanto ele tenha sido vermelho no passado, não posso ignorar essa desfaçatez que cometeu agora. De jeito nenhum. E é assim que vai ser."

Bruscamente e sem cerimônia, Chae Gwang desligou o telefone. No entanto, Yeong-il não se mexeu para endireitar as costas ou colocar o fone no gancho. Na sua cabeça, o pensamento que estava lentamente se formando era que ele, Jeon Yeong-il, era a pessoa que não podia ignorar esse assunto, embora no caso dele isso tivesse um significado bem diferente do que para Chae Gwang. Pensando também no seu falecido pai, teve certeza de que precisava impedir que os frutos de uma vida de trabalho de Yong-su fossem jogados fora. E ainda havia outra consideração: caso essa história deixasse alguma mácula, ainda que pequena, na imagem de Yong-su, inevitavelmente Yeong-il também seria alvo de suspeitas.

Ao sair de casa naquela noite, Yeong-il levava no bolso do casaco uma garrafa de aguardente de sorgo, que pediu à mulher que comprasse para ele. A casa de Yong-su ficava quase ao lado da dele, por isso sempre se visitavam, mas hoje ele achou que não podia chegar de mãos vazias, sabendo do assunto delicado que teria de discutir.

Assim que o crepúsculo caiu, o frio mostrou um vigor renovado, e o pálido luar prateado se escondeu atrás do trecho de floresta à beira das montanhas a nordeste, como se tivesse se assustado com os ruídos de rachadura no gelo do rio. Mesmo com a gola do casaco levantada e as abas do chapéu de inverno baixadas, a testa de Yeong-il doeu até ficar dormente e a carne de suas narinas ardia.

Mas nada disso serviu para abrandar seus pensamentos. O que deu na cabeça de Yong-su para se comportar de um jeito tão imprudente, ainda por cima com policiais militares? Como acontecia tantas vezes com sujeitos fisicamente fortes, Yong-su era de uma gentileza sem limites. Ele não conseguia sequer usar o chicote em seus três "Corcéis Velozes". Se um homem desses tinha de fato "brandido um machado" na cara de alguém, deve ter tido um motivo extremamente forte.

A corda de Chae Gwang estava no pescoço de Yong-su, e cabia a Yeong-il tirá-la dali; pensando assim, ele entrou no jardim de Yong-su e deparou-se com o olmo que era o cerne da questão. Embora tivesse ficado quase da altura da casa, o olmo parecia encolhido ali no frio e no escuro, e o vento em seus galhos fazia um estranho assobio. Notando uma presença humana mesmo estando do outro lado da parede do estábulo, Corcel Veloz relinchou baixinho. Sem bater, como se estivesse entrando na própria casa, Yeong-il abriu a porta da cozinha. A forma da maçaneta era quase tão familiar para ele quanto sua própria pele, embora em outros tempos tenha parecido tão maior em sua mão.

Yong-su estava sentado no chão com as mãos nas coxas, as costas retas como uma estaca enfiada no chão e, quando Yeong-il entrou, virou a cabeça mas não o corpo, como se estivesse esperando o outro.

"Onde está a tia?", Yeong-il perguntou em vez de cumprimentar Yong-su adequadamente.

"Foi ao mercado. Pegou o trem ontem de tarde; estamos sem nada, e ela tinha esperança de achar um pouco de milho. Imagino que não encontrou, ou já teria voltado a essa altura."

"Então é por isso que está tão frio aqui dentro. Parece uma casa abandonada."

"Venha sentar aqui", Yong-su ofereceu, alisando o velho cobertor puído em que ele mesmo estava instalado. "Esse chão parece uma pedra de gelo."

Não era só o chão. Uma camada branca de gelo tinha realmente se formado na parede oposta, em volta da enorme e antiquada tevê e do baú onde guardavam as roupas de cama durante o dia.

Yeong-il sentou onde Yong-su havia sugerido, tirando o chapéu mas mantendo o casaco abotoado. Só aí percebeu o que Yong-su tinha estendido sobre o colo: uma jaqueta que vergava com o peso de medalhas ofuscantes. Talvez estivesse escolhendo o lugar para colocar a mais nova aquisição, a medalha recebida hoje, e tivesse se perdido em meio às lembranças. Mas, independente das memórias que aquilo tinha feito voltar, a sala congelante e a expressão sombria de Yong-su eram indícios de que sua alegria não era completa.

Em todo caso, em uma atmosfera dessas, era evidente que Yeong-il precisaria ser ainda mais cuidadoso ao abordar o assunto. Embora normalmente fosse gentil como um cordeiro, em um dia a cada cem, quando algo o levava a agir de modo imprudente, Yong-su podia ser feroz como um leão, e até rugir como um.

Sem saber por onde começar, Yeong-il pôs a mão no bolso e tirou de lá a garrafa da forte aguadente de sorgo.

"Achei que isso podia ajudar a espantar o frio. O que você acha, tio, vamos nos aquecer um pouco?"

"Ah, essa é boa", Yong-su respondeu. "Minha garganta estava ficando seca."

Yeong-il fez que ia levantar e ir até a cozinha, mas Yong-su pôs a mão em seu braço.

"Sente, sente. Temos tudo aqui, não se preocupe..."

Ainda sentado, o mais velho dos dois alcançou e puxou uma mesinha pequena e baixa, um tanto malfeita, que estava encostada na parede.

Sobre a mesa havia um prato de sopa vazio em que só se viam pauzinhos e uma colher, uma tigela pequena contendo restos de kimchi de repolho, a tampa da tigela de ponta-cabeça e um copo de água vazio.

"Muito bem, adiante", Yong-su disse, "sirva aqui mesmo". Contendo um arrepio pelo estado lamentável a que a casa do tio havia se reduzido, Yeong-il dividiu a bebida entre o copo de água e a tampa da tigela.

"Isso", o tio disse. "Beba!"

A bebida forte, pura, fez Yeong-il fazer uma pausa para respirar quase no instante em que levou a tampa aos lábios, mas Yong-su tomou tudo de uma vez só, como se não passasse de um copo de cerveja. Não era seu jeito sempre, mas hoje era como se uma rigidez tivesse tomado conta dele, como se só fosse relaxar depois de uma bebida forte. Depois de esvaziar dois copos rapidamente, começou a enrolar um cigarro. O processo foi demorado, já que os olhos e as mãos se voltavam o tempo todo para as medalhas. Yeong-il estava igualmente enfeitiçado, embora não soubesse dizer o porquê. Afinal, ele conhecia aquelas medalhas quase como se fossem suas; sabia contar a história de cada uma quase sem pensar. Quantas vezes tinha feito exatamente aquilo, quando era um menino corado na escola se gabando para os outros alunos sobre os grandes feitos do tio e do pai!

A que ocupava o lugar de honra era a medalha do mérito militar, recebida por ter conduzido a carroça de munições passando por uma ponte de madeira engolida por chamas; abaixo dela, a Primeira Ordem do Mérito Nacional, por seu trabalho na construção da estrada de ferro de Haeju-Haseong; abaixo dessa, uma Medalha do Trabalho e outra Medalha do Mérito, concedidas, respectivamente, no canteiro de construção da fábrica de Vinylon 2.8, uma fibra têxtil inaugurada em 1960, e da usina de Seodusu.

A julgar pelas medalhas, dava para ver que a maior parte da vida dele, uns quarenta dos seus cinquenta e seis anos, se passou ou no campo de batalha ou em diversos canteiros de obras. E foi precisamente nesses dias de pó e escassez que Yong-su ganhou sua reputação de "Corcel Veloz do Comunismo", o cocheiro revolucionário cuja estrutura musculosa significava que ele mesmo carregava sua carroça, sem precisar de ajuda como os outros. No entanto, independente das circunstâncias, era sempre ele quem carregava e descarregava mais rápido, lançando volumes enormes sobre os ombros com a mesma facilidade com que erguia os adversários no ringue. Tudo isso significava que sua fronte brilhava de suor o ano todo, e que as solas dos sapatos ficavam gastas em dez dias.

Assim eram as medalhas de Seol Yong-su, salgadas com seu suor e seu sangue, temperadas com chuva e vento. Hoje outra medalha, talvez a última, foi acrescentada a esse tesouro, então como esperar que seus pensamentos não seguissem à deriva nas ondas de memória?

Yong-su ruidosamente soltou uma baforada de fumaça, e Yeong-il conseguiu por fim tirar os olhos das medalhas.

"Você deve ter muita coisa na cabeça, tio. Digo, recebeu sua décima terceira medalha."

"Exato. Antes de você chegar, eu estava pensando no verdadeiro dono dessas medalhas."

"Verdadeiro dono? Do que você está falando? Todas elas foram dadas a você por sua dedicação incondicional a este país!"

Yong-su ficou em silêncio, claramente hesitando se devia ou não falar o que pensava. Depois de um tempo, continuou. "O verdadeiro dono dessas medalhas... está ali fora."

"O quê? Ali fora?" Yeong-il empalideceu. "Você não quer dizer..."

"Por que o espanto? É isso mesmo, estou falando do olmo ali fora. Foi ele que me manteve de pé o tempo todo, me acabando de trabalhar! Sempre que olhava para ele, era como se pudesse ver tudo ganhando vida — todas as promessas que me fizeram quando eu era mais novo. Todas as coisas maravilhosas que iam acontecer. Foi esse olmo que me incentivou a fazer as coisas que me valeram essas medalhas; e, no entanto, no fim..."

"Mas foi exatamente isso que meu pai me disse! Na noite antes de morrer, ele olhou para o olmo pela janela de casa e disse a mesma coisa que você me falou. Na época era diferente, mas ouvir isso de novo agora..."

"Claro que falou! Aquele meu irmãozinho foi outro que passou a vida dando um duro danado pelo sonho que aquele olmo prometeu. Ele ganhou dez medalhas no total, não foi? Por seus esforços."

"Isso mesmo. A décima foi a última."

"A décima — ha! — e tudo graças àquele olmo!" Yeong-il achou que tinha encontrado uma brecha, um jeito de abordar o assunto em torno do qual a conversa vinha girando.

"Então, tio, você está me dizendo que pensou bastante no olmo esta noite?"

"E por que não pensaria? Desde que eu entrei para o Partido, esse olmo tem sido meu esteio, um pilar que me sustenta. E também não foi ele que o trouxe aqui hoje?"

"Ah, não!", bramiu Yeong-il, pego desprevenido por essa virada de mesa. Ele sempre pensou no tio como sendo uma alma simples; agora parecia que esteve escondendo outro homem dentro de si, um homem astuto e observador! Em todo caso, foi uma sorte Yong-su ser o primeiro a mencionar o olmo.

"Muito bem, vamos lá", Yong-su disse, com ares de quem está arrancando um véu. "Você veio me perguntar sobre o que aconteceu no outro dia, não foi? Aqueles valentões da polícia militar que tentaram derrubar a minha árvore."

"Vim", Yeong-il admitiu com um sorriso contrito, grato pela compreensão do tio.

"Bom, foi o que eu imaginei. Esses sujeitos não desistem nunca?"

"Mas o que aconteceu exatamente?" Mais tranquilo, Yeong-il achou que podia ir direto ao cerne da questão. "É verdade o que me disseram, que você brandiu um machado na cara deles?"

"Verdade, bem, sim... e, por outro lado, talvez não. O relâmpago sempre atinge sapos inocentes, é o que dizem."

"Sapos? O quê... Tio, agora que chegamos ao ponto, vamos por favor falar do que é importante. Preciso ouvir sua versão da história..."

"Bom, e por que não? Não tenho nada a temer, afinal. O fato é que pouco antes dessa coisa toda acontecer — na hora do almoço de ontem, quero dizer — eu e a sua tia estávamos brigando."

Yong-su ficou em silêncio, e Yeong-il começou a enrolar um cigarro enquanto esperava o tio retomar o fio da história. Até a polícia militar estava tendo de apertar o cinto esses dias, o que significava que Yeong-il também foi obrigado a passar para cigarros caseiros.

"O motivo da briga...", Yong-su continuou. "Bem, eu tinha acabado de chegar em casa para almoçar, e sabia que tinha de ser rápido, por isso deixei a carroça do lado de fora, com o Corcel Veloz ainda atrelado. Eu mal tinha acabado de mastigar quando a sua tia começou a tirar a mesa, toda agitada, dizendo para eu colocar meu agasalho acolchoado — ela já estava com o dela. Eu estava tentando entender o que ela tinha de fazer de tão urgente, quando ela percebeu que comecei a enrolar um cigarro. E sabe o que ela disse? 'O sol de inverno se põe mais rápido do que uma ervilha rolando pela cabeça de um monge e você quer passar o dia fumando?' Venha cá!"

Enquanto ele ficava sentado ouvindo a história do tio, a fumaça do cigarro de Yeong-il foi se desenrolando no ar gelado, e gradualmente um espaço se formou entre os dois homens.

"O quê? Do que você está falando?" Yong-su olhou para a mulher perplexo e desconfiado, e o olhar dela também ficou mais duro instantaneamente.

"Então você também não vai hoje?" Só então Yong-su se lembrou da conversa que eles tinham tido no dia anterior. Droga!

"Eu já podei os galhos e tirei a casca", a mulher disse, "agora só sobrou o tronco. Mas é pesado demais para eu lidar com isso sozinha. Não é longe, é logo ali no vale do Jeoldang, então tem como você ir e pegar com a sua carroça?"

Isso foi depois de ela admitir que estava preocupada com a possibilidade de não ter lenha suficiente, algo que até então não tinha revelado. Yong-su vinha chegando do trabalho apenas com serragem úmida para servir de combustível — e até isso andava difícil de encontrar; mal havia material suficiente para acender o fogão, quanto mais para alimentar o sistema de aquecimento do piso. Cozinhar uma espiga de milho virou um desafio. Não era exagero. Ultimamente, a quantidade de operários que chegavam atrasados para o trabalho cresceu de maneira exponencial, e sempre pelo mesmo motivo: preparar o café da manhã demorava demais, mesmo que não fosse muita coisa. E, se não fosse pela esposa, que não perdeu nada do ímpeto com a chegada dos cabelos brancos, Yong-su também estaria aumentando as fileiras de atrasados.

Yong-su sabia muito bem que ela passava os dias procurando em valas e lugares do gênero algo que pudesse queimar, mas não tinha percebido que de uns tempos para cá ela estava indo a um lugar tão longe quanto o vale do Jeoldang. Não fosse pela situação na fábrica, ela jamais teria esperado tanto para pedir ajuda, pois as tarefas de casa já eram mais do que suficientes para mantê-la ocupada.

Mas Yong-su simplesmente não tinha tempo. Hoje em dia, qualquer par de mãos que a fábrica encontrasse tornava-se escravo das necessidades da caldeira. A serragem era um péssimo substituto para o carvão, e a caldeira consumia o combustível como o fogo consome madeira seca, exigindo constantemente ser alimentada mesmo quando tudo que podia ser utilizado para transporte, até carrinhos de mão e fardos que as pessoas carregavam nas costas, estava sendo usado para abastecê-la. O carro de som, que normalmente aparecia apenas no começo ou no final do turno do dia e quando a correria estava particularmente grande, agora atormentava os operários sem parar, com os alto-falantes berrando que se a caldeira parasse de funcionar, a tubulação de vapor inevitavelmente congelaria e explodiria, e então o sistema inteiro seria destruído...

"Não é que eu também não me preocupe, mas eu estava com aquele carro de som no meu ouvido o tempo todo. Você não sabe como a fábrica anda cheia de problemas? Vamos esperar uma oportunidade melhor."

Yong-su disse isso de um jeito tão sincero, tão digno de pena, que a mulher não teve coragem de insistir. No outro dia, o carro de som ficou indo de um lado para o outro bradando sobre a caldeira até no horário normal de almoço, e esse foi o motivo de Yong-su ter devorado um mingau de milho o mais rápido que pôde, com Corcel Veloz ainda atrelado à carroça. No entanto, sua mulher parecia ter entendido mal a causa da pressa, achando que ele planejava usar o resto do intervalo do almoço para ir até o vale do Jeoldang.

"Como você pode me pedir para fazer isso agora, quando dá para ouvir daqui o carro de som?" Yong-su deu a última tragada no cigarro, que já tinha fumado até o fim, e o apagou no cinzeiro. Dirigiu um olhar contrito para a mulher, que ainda o encarava de olhos semicerrados. "Eu disse que a gente ia esperar uma oportunidade melhor — não prometi que iria hoje."

"Você não parece muito preocupado", ela disse com a voz embargada.

"Só pense por um instante. Neste exato momento, com todo mundo em pânico, com medo de uma explosão na caldeira da fábrica, o que iam pensar se eu fosse pegar lenha para minha própria casa? As pessoas têm respeito por mim e pela minha carroça. E pelo meu olmo..."

"Pelo amor de Deus, chega desse olmo! 'Meu olmo' isso, 'meu olmo' aquilo, de manhã, de tarde, de noite... Onde estão os tais frutos desse olmo, hein? Você não dedicou a vida a isso?

Ainda estão a caminho, é isso? Sopa com carne e puro arroz branco..."

"Pare de tagarelar, mulher. Amanhã vão entregar medalhas na fábrica; preciso poder ficar de cabeça erguida, não preciso?"

"Outra medalha! De que serve? Uma medalha vai manter a gente aquecido? Uma medalha vai encher nossa barriga? É só um pedaço inútil de ferro; está bem longe de roupas de seda e de uma casa com telhas."

"Quê? Sua cadela!", Yong-su berrou, arremessando o cinzeiro. Ele passou perto do rosto da esposa, quase roçando na bochecha, depois acertou a parede da cozinha, se estilhaçando em uma multidão de fragmentos.

"Eu não conseguia entender que diabo tinha dado nela para falar daquele jeito comigo, assim, do nada. Fiquei furioso, completamente furioso. Qualquer coisinha podia ser a gota d'água. E bem nessa hora, os policiais militares apareceram com aqueles uniformes todos elegantes." Yong-su fez uma pausa, aparentemente tentando conter as emoções reprimidas que estavam voltando. "Minha mulher tinha corrido para o jardim depois que eu joguei o cinzeiro, e a ouvi discutindo com alguém, então saí para ver quem era. E o que você acha que eu vi? A última coisa que precisava naquela hora, isso eu posso te dizer. Meu coração já estava quase explodindo, e agora estavam jogando gasolina na fogueira: aqueles valentões tentando serrar um galho do meu olmo, e empurrando minha mulher quando ela tentou impedir!

"Bom, é como dizem: Quem é meio lerdo da cabeça se ofende muito mais com o insulto. O machado estava encostado na parede do estábulo, e antes de eu saber o que fazia, ele já estava na minha mão. Os policiais ficaram ali me olhando enquanto eu gritava: 'Encostem num galho que seja e vão sentir o meu machado. Vocês e a árvore!'. Para você ter uma ideia de como eu estava infeliz... Todos eles foram embora rapidinho; se não tivessem saído, não sei o que podia ter acontecido."

Depois desse discurso longo sem precedentes, Yong-su fechou a boca e ficou calado. Então, como se precisasse de uma gota de água para jogar em seu coração incendiado, tomou os últimos goles de aguardente que ainda se escondiam no seu copo.

Com olhos enevoados pela fumaça do terceiro cigarro, Yeong-il estudava Yong-su atentamente. Por um lado, as últimas palavras de Yong-su pareciam uma conclusão bastante clara para a história. No entanto, talvez graças ao tipo de trabalho que fazia, Yeong-il percebeu que Yong-su ainda não tinha contado tudo, que as palavras com que terminou seu relato escondiam outras dentro de si. Desde o momento em que entrou na casa do tio, sentiu como se estivesse participando de uma espécie de esconde-esconde em forma de conversa. Como supervisor, estava acostumado a ver os outros terem cautela diante dele; mas jamais imaginou que Yong-su seria capaz de truques do gênero.

Era evidente que tinha se enganado. Mas para livrar Yong-su das garras de Chae Gwang, precisava ter todas as informações. O mais importante era esclarecer o que havia nas entrelinhas da história do tio.

Primeiro, havia a afirmação de Yong-su de que não sabia como tinha acabado arremessando um cinzeiro na mulher. Por que não? Ele podia contar pelo menos isso, não? Só o que estava dizendo era que não tinha conseguido controlar a raiva quando a mulher comparou as medalhas a meros pedaços de ferro, tirando instantaneamente o significado de sua vida.

Depois, havia aquelas duas frases curiosas que ele disse: "Quem é meio lerdo da cabeça se ofende muito mais com o insulto", e "Vocês e a árvore!". "Meio lerdo da cabeça" — se alguma vez ele ouviu um eufemismo, era esse, mas o que havia por trás disso? E por que Yong-su ameaçou machucar seu precioso olmo?

Ninguém estava pedindo que ele fizesse uma confissão; Yeong-il certamente não esperava que ele confessasse nada.

Agora ele via tudo com clareza. Uma combinação de eventos recentes fez as escamas caírem dos olhos de Yong-su, revelando que os frutos sempre adiados do seu trabalho — o puro arroz branco e a casa com telhas — eram apenas uma ilusão, uma ilusão em que não quis deixar de acreditar. Ele sentiu pena e raiva, sim, mas também vergonha por se deixar aplacar tão facilmente, vergonha pelo orgulho que sentiu de seus pedaços inúteis de metal; e por isso queria se punir, atingindo aquilo que mais amava...

Yeong-il estava realmente aturdido. Ele jamais sonharia que aquela simples frase, "brandindo um machado", tinha raízes num tumulto tão grande. No entanto, nem isso era tão chocante quanto o que ele mesmo pensou sobre o assunto. Agora que enxergava o que ia na alma daquele Seol Yong-su, um homem que claramente acreditava ter sido enganado pelo socialismo, como era possível que uma autoridade com estrela no ombro pensasse nele com tanta tranquilidade?

Seria por causa do relacionamento íntimo deles? Parece que não era só isso. Se observasse com cuidado, a verdade era que, levando em conta o que Yong-su enfrentou na vida, não era totalmente natural que ele sentisse ciúme de Yeong-il e achasse que ele merecia ser repreendido!

Quando o pensamento de Yeong-il chegou a esse ponto, as comportas se abriram, e sua infinita compaixão por Yong-su fez seu peito doer e sua garganta fechar. Seol Yong-su! Haveria algum homem mais digno de pena?

Que sofrimento poderia se comparar com a decepção e o remorso que Yong-su deve ter sentido ao perceber que a fé simples que ele tinha ao gritar em outros tempos "Eu pro-me-to" se baseava em uma ilusão? Ele teve de suportar essa aguda sensação de perda sozinho, sem ninguém para culpar ou acusar, o tormento somado à ausência de uma válvula de escape, à impossibilidade de se permitir qualquer expressão exterior. Desse ponto de vista, quando Yong-su brandiu o machado não estava ameaçando cometer uma violência nem contra a polícia militar nem contra a própria árvore, mas fazendo uma autodenúncia em altos brados, que eram o som de um ser humano dilacerado por contradições.

Chae Gwang! Você também deve conhecer o sofrimento deste homem, um homem gentil que foi cruelmente enganado! Este dia vai ter de chegar, e não vai demorar.

Yeong-il apagou o cigarro. Yong-su, percebendo sua mudança de atitude, fez o mesmo.

O frio não diminuía. O ar dentro da casa era quase tão cruel quanto lá fora, o que talvez fosse sinal da iminente virada de ano. O frio penetrava pelo cobertor em que estavam sentados, tornando dormente a carne de Yeong-il, e a nuvem que sua respiração gerava começava a lembrar a fumaça do cigarro. Ele levantou.

"Aonde você vai?"

"Agora que vi em que pé está a situação, tem umas coisas que preciso fazer."

"Muito bem..."

"Mas o que você vai fazer quanto ao frio?"

"Boa pergunta. Parece que estou numa geladeira, não numa casa."

Enquanto Yong-su levava o punho à altura do nariz, desajeitadamente esfregando a umidade que havia se acumulado ali, parecia que tinha envelhecido dez anos em um instante. No canto superior da janela, uma teia de aranha balançava suavemente na corrente de ar, e o cadáver murcho do animal que a construiu fazia um suave sussurro.

"Tente queimar um pouco do feno dos cavalos. Assim você vai poder descansar um pouco."

"Tem razão. Vou tentar."

Yeong-il jamais imaginou que essa seria a última vez que ouviria a voz do tio.

Na manhã seguinte, Yeong-il recebeu um telefonema dizendo que Yong-su tinha sofrido um acidente, e foi correndo à casa dele. O que assustou Yeong-il mais do que os membros rígidos e os olhos fechados do tio, que devia ter morrido na noite anterior, sozinho na casa vazia, foi o corpo do olmo, jazendo escancarado no meio do jardim, cortado em dois perto da base do tronco. Os vários golpes tinham sido dados com tal força, com tal frenesi, que havia minúsculas lascas brancas de madeira salpicando até mesmo o teto do estábulo. Ao entrar pela porta na cozinha abarrotada, Yeong-il viu um bloco do olmo queimando na lareira, fazendo um som dissimulado semelhante ao de uma risada falsa.

O legista diagnosticou a causa da morte como infarto.

29 de dezembro de 1993

TÃO PERTO, TÃO LONGE

"Ai!"

Um único grito escapou de Jeongsuk quando, assustada pelo som da porta se abrindo, colocou-se de pé. A fralda do filho, que ela tinha acabado de tirar, deslizou pelos dedos vacilantes e caiu no chão com um baque úmido. Ali, ocupando o vão da porta, estava o marido que ela não via há tanto tempo. Mas o grito não foi de felicidade. Ela estava espantada, e chocada, com as mudanças drásticas que ele havia sofrido.

Rosto sulcado, roupas imundas, a mochila que se transformara em trapos, pendurada frouxa em um só ombro... Ele sempre fora magro e um pouco encurvado, mas parecia que tinha envelhecido vinte anos na mesma quantidade de dias. Se não o conhecesse, Jeongsuk o tomaria por um homem de meia-idade. Era possível alguém se transformar tão radicalmente em tão pouco tempo? O que tinha acontecido com o homem que só vinha fazendo breves visitas à casa da família nos últimos anos?

"Ei, por que você parece tão chocada?" Como se essas palavras tivessem feito a esposa despertar de um transe, Jeongsuk correu e lançou os braços em torno do marido.

"Pai do Yeong-min! Você está vivo, você está vivo, oh, oh..."

"Tudo bem, pare com isso... Você vai acordar o menino. Nosso filho."

"Sabe quanto tempo eu esperei? Sabe?" Jeongsuk bateu com os punhos no peito do marido.

"Você não devia ter se preocupado."

"E como é que eu não me preocuparia? Você saiu por aquela porta sem nem se despedir, sem ter permissão para viajar. Bravo. E bêbado. Como é que eu não esperaria o pior?"

"O que aconteceu naquela época... Desculpe. Me desculpe mesmo."

"Ah, mas onde estou com a cabeça — a doença da sua mãe! Como ela está?"

"Minha mãe..."

"Sim? Ela... melhorou? Ou..."

"Não, nada disso. Ou, eu não sei, na verdade. Não cheguei a me encontrar com ela."

"O quê?"

"Nunca nem pus os olhos na casa."

"Mas então onde é que você esteve esse tempo todo?"

"Por favor! Eu preciso de um copo d'água fria antes."

O marido de Jeongsuk abriu a jaqueta com uma força surpreendente, o zíper zumbindo em protesto. Parecia que ele estava tentando engolir algo, a garganta seca se contraindo dolorosamente. Jeongsuk encheu rápido um copo com água, que ele tomou de um gole só. Devolvendo o copo vazio, afundou-se no chão como se estivesse desmaiando, e seu olhar encontrou o filho.

"Nosso Yeong-min cresceu tanto..."

Jeongsuk franziu a testa, alarmada com o tom de pura exaustão na voz do marido; ele parecia alguém que teve todas as forças drenadas por uma longa doença. *Ele deve estar exausto*, ela pensou. *E quando será que comeu pela última vez?*

"Fique aí e descanse com Yeong-min, então", ela disse contente. "Vou ajeitar alguma coisa para comer." Foi às pressas para a cozinha e começou a lavar o arroz, depois parou.

"Quer lavar o rosto primeiro?", ela perguntou. "Posso preparar a água."

Não houve resposta. Espiando pela porta da cozinha, Jeongsuk ficou chocada ao ver que o marido tinha caído num sono profundo. Com a boca aberta em seu rosto pálido, esquelético, ele mais parecia um cadáver do que um homem vivo. Um piolho saiu de sua blusa e foi andando até as calças, o corpo branco evidente contra o tecido negro grosseiro. Jeongsuk saiu correndo para pegá-lo e esmagá-lo, tremendo de nojo pelo que estava vendo, e lágrimas brotaram de novo dos olhos. O que tinham feito com seu marido, um sujeito gentil, modesto, apesar da altura imponente, para que ele voltasse nesse estado?

Pelos três dias seguintes, ele dormiu como um morto, nitidamente doente em função da exaustão. Só no quarto dia recuperou suficientemente as forças para contar a Jeongsuk tudo o que tinha acontecido.

A mãe está vestida de branco, de pé em uma colina de onde se vê sua cidadezinha natal, o rio azul brilhando lá embaixo. Mas ela está doente — como conseguiu sair de casa? O barqueiro rema diligentemente, fazendo um rangido ritmado, mas para Myeong-chol, eles parecem se mover em câmera lenta.

"Pai do Yeong-min!"

A mãe corre para a margem do rio, braços abertos para abraçar o filho, como se não aceitasse adiar por nem mais um segundo o reencontro. Também impaciente, Myeong-chol vai às pressas para frente antes mesmo de o barco ter batido no molhe, mas tropeça e cai por cima da lateral, de cabeça na água. Como é fundo, mesmo já tão perto da terra firme... E, no exato momento em que esse pensamento lhe ocorre, ele afunda rapidamente saindo do campo de visão, descendo, descendo rumo às profundezas do rio. Se debatendo e movimentando os braços, ele consegue colocar a cabeça novamente acima da superfície, mas vê, para seu desânimo, que a forte correnteza já o levou de novo para o meio do rio!

"Myeong-chol!"

Ele só consegue ver de relance a mãe correndo pela margem, o rosto agora branco como suas roupas.

"Mãe! Mãe!", ele grita de volta para ela e, com uma força que nasce do desespero, dá braçadas para ir em sua direção.

Então, uma mão agarra o ombro de Myeong-chol e o sacode com firmeza, mas de modo gentil.

"S-sim?... Sim?"

Enquanto o sonho se dissolvia, Myeong-chol abria os olhos. Quem era aquele rapaz que o olhava de cima, e por que ele parecia tão ansioso? À medida que sua mente, aos poucos, voltava a se aguçar, o som das rodas de um trem batendo nos trilhos ganhou nitidez. Encolhido em um assento no canto do vagão, Myeong-chol imediatamente endireitou o corpo.

Devia ser bem tarde, já que mesmo as pessoas que iam entulhadas no corredor do trem estavam perdidas em sonhos, com o rosto escondido na roupa.

"Finalmente você acordou!" O rapaz continuou falando baixinho, mas ouvia-se com nitidez o seu alívio. "Só espere um pouco. Pense com cuidado antes de fazer qualquer coisa. Você não tem autorização de viagem, nem tem passagem. Estava bêbado, percebe?"

Essa notícia teve sobre Myeong-chol o mesmo efeito que um balde de água fria. Ele agora estava perfeitamente alerta e consciente do que acontecia à volta, e a série de acontecimentos que o tinham levado àquela situação passava em sua cabeça como se fosse um panorama em movimento.

* * *

Um silêncio sufocante reinava na sala de espera do Departamento Dois. A atmosfera abafada se devia não só à grande quantidade de pessoas reunidas na sala minúscula, todas esperando sua vez, prendendo o fôlego, nem só ao calor opressivo do sol do verão que assolava as ruas do lado de fora. Também vinha de todos os cartazes sobre "Regras para Viagens", numerosos a ponto de quase não deixar qualquer trecho de parede visível, e dos termos ameaçadores que havia neles: "multa"; "trabalhos forçados"; "sanções legais". E, por fim, vinha do par de vozes na mesa atrás do guichê de vidro, com uma abertura na parte de baixo como se fosse uma bilheteria, a voz por trás do vidro vociferando firme, a voz em frente ao vidro trêmula, implorando.

A aprovação ou reprovação do pedido de qualquer pessoa era um assunto da maior importância para todos que ali estavam, o que significava que, exceto pelo que falavam o solicitante e o funcionário, o ar era pesado como o de um túmulo, num silêncio que não era perturbado sequer por uma tosse. Todos sabiam muito bem que apenas um a cada dez pedidos, em média, obtinha êxito, por isso a cada vez que alguém se afastava da mesa tendo na mão um pequeno papelzinho com a permissão para viajar, curvando-se e sorrindo em gratidão, um ligeiro suspiro de decepção corria a sala como uma brisa que farfalha pelas folhas de uma árvore.

Myeong-chol esperou por mais de quarenta minutos antes de chegar a sua vez de ficar em frente ao guichê.

"Sim, camarada?", perguntou o funcionário responsável pela emissão de autorizações, fitando Myeong-chol com os olhos esbugalhados. Era um sujeito de meia-idade com testa curta e queixo largo, a pele cinzenta e manchada semelhante à de um sapo no outono; e ele ficava empoleirado em uma cadeira alta como um juiz da dinastia Koryo, de modo que mesmo o desengonçado Myeong-chol precisava inclinar a cabeça para trás para encarar o interlocutor nos olhos.

"O que você quer?", ele perguntou, erguendo a voz como se estivesse irritado por seu olhar interrogador não ter sido suficiente. Myeong-chol ficou sem conseguir falar diante dessa atitude agressiva. Era sempre assim com ele — bastava se deparar com algo estranho ou desconcertante e as palavras que precisava dizer patinhavam no peito. Talvez fosse porque tivesse tanto a dizer, e tudo estivesse se empilhando e barrando sua boca como uma rolha.

Como ele queria conseguir dizer bem agora — que tinha acabado de receber um telegrama dizendo MÃE EM ESTADO CRÍTICO; que essa era a terceira correspondência em um mês; que todas as vezes que pediu uma autorização de viagem para sua cidadezinha natal a solicitação foi negada; que uma decisão semelhante hoje poderia significar que ele não voltasse jamais a ver a mãe, pelo menos nesta vida! Mas, intimidado pelos olhos esbugalhados, Myeong-chol conseguiu apenas murmurar "Eu, isso", enquanto alisava o telegrama que vinha segurando na mão fechada e úmida e o passava pelo vão.

"O que é isso?"

"Um telegrama."

"Você acha que eu não reconheço um telegrama? Mas por que você me trouxe isso? A sua empresa tem um gerente encarregado de emitir autorizações, não?"

"Sim, e eu fiz a solicitação primeiro a ele, mas o pedido foi negado..."

"Ah, é? Então você pensou, deixa eu entender, que ia chegar aqui e conseguir uma autorização para um pedido que já foi negado?"

"É que já é a terceira vez..." Myeong-chol tirou mais dois telegramas do bolso da jaqueta, espécimes gastos, puídos, que evidentemente já estavam com ele havia algum tempo. "Por favor, veja a minha situação. Sou o primogênito, e o único filho homem.

Só minha irmã mais nova ficou na cidade, e ela mora com a família do marido..."

"Basta." Os três telegramas foram jogados de volta pela abertura num gesto de rejeição. "Recebemos uma ordem superior proibindo viagens para esse distrito. Eles estão se preparando para receber um evento de Classe Um — você sabe o que isso significa, não sabe? Isso mesmo, nosso Amado Líder em pessoa. Mas por que estou falando de informações sigilosas com um mineiro tolo?"

"Mesmo assim, quando a mãe que deu a vida a você..."

"Chega! Se quer pechinchar, vá ao mercado. Este é o Departamento Dois, não uma banca de rua!" Os olhos esbugalhados do sujeito pareciam prestes a saltar para fora das órbitas. Um suspiro de derrota escapou das profundezas de Myeong-chol, como se algo tivesse se apagado. O Departamento Dois ficava no prédio da Comissão de Economia, mas na verdade era subordinado à Polícia Militar. Seus funcionários eram gente da área de segurança que trabalhavam à paisana — será que havia alguém que não soubesse disso? Então por que esse sujeito sentia necessidade de desfilar autoridade e de reclamar por estar perdendo tempo?

Certificando-se de que parecia suficientemente respeitoso, Myeong-chol afastou-se do cobiçado lugar perto da abertura. Em sua mente, viu a mãe como devia estar agora, jazendo doente numa cama apenas com a irmã dele para atendê-la. Viu a irmã menor, que devia estar em casa com o marido, e que devia estar o tempo todo de ouvido atento para ver se o irmão chegava! A pobre mãe viúva, que nunca conheceu outra vida que não a da fazenda, gastando seu frágil corpo para criar os filhos sozinha!

Originalmente, Myeong-chol tinha planejado voltar à cidade natal depois de terminar o serviço militar. Ia trabalhar com a mãe, pensou, na esperança de facilitar as coisas para ela, mesmo que apenas um pouco, nos anos que lhe restavam antes de ela poder receber uma aposentadoria por idade. E depois, claro, houve aquela moça — ela ia esperar por ele; eles tinham um acordo. Mesmo depois de ser dispensado, e de o pelotão inteiro partir para as minas de Geomdeok, ele não queria abrir mão desse sonho.

O que ele não tentou para sair das minas e voltar para o lado da mãe! Economizou dinheiro para poder subornar o secretário local do Partido, consertou o aquecimento do piso da casa do capataz de graça, fez pressão para que um amigo que trabalhava no hospital forjasse uma carta afirmando que sua mãe estava gravemente doente. Mesmo assim, as regras seguiram sendo tão rígidas e inflexíveis quanto antes, recusando-se a dar a mão para que Myeong-chol, segundo diziam, não pedisse o braço. No fim, a única opção que lhe restou foi mandar buscar a noiva — isso, pelo menos, foi autorizado — e deixar a mãe sozinha.

O tempo passou, como o tempo faz; Myeong-chol virou pai, e a mãe enfim pôde se aposentar por idade. Ela só precisava lidar com a colheita que estava por vir, e depois Myeong-chol poderia providenciar para que ela fosse morar com ele e a esposa. Ela finalmente veria o filho de novo, e o neto que ainda não conhecia! Com o ápice de todas as suas esperanças quase ao alcance da mão, como ele podia adivinhar que todas elas iriam por água abaixo?

Enquanto cambaleava para fora do Departamento Dois, as pernas mal conseguindo mantê-lo em pé, uma onda de surdos soluços ameaçou engasgar Myeong-chol. Seus olhos, que brilhavam com a gentil inocência dos bezerros, se encheram de lágrimas amargas. Será que Solmoe, a vila em que cresceu, era uma cidade estrangeira como Tóquio ou Istambul? Como era possível que sua própria cidade, em seu próprio país, sua própria terra, fosse tão remota, tão completamente inatingível? Ele teria ido a pé até lá, feliz, caso alguém lhe desse permissão. Mil *ri* ou dez mil, não importava; se não fosse por aquelas Regras de Viagem barrando seu caminho.

Myeong-chol queria chorar alto, bater os pés no chão ou sacudir os punhos para o céu. Mas, dependendo das circunstâncias, sabia que até o choro podia ser visto como um ato de rebeldia, para o qual, neste país, só havia uma consequência — uma morte rápida e implacável. Sendo assim, a lei era sorrir até quando você estivesse dilacerado pela dor, engolir qualquer coisa que ardesse em sua garganta.

As sensações de frustração e de impotência, de ter sido tratado de maneira injusta, deixaram Myeong-chol exausto física e mentalmente, e, assim, a única coisa que conseguia fazer era andar à toa pelas ruas, indo aonde quer que os pés o levassem, sem ter em mente um destino claro. Tudo era odioso. O canto das cigarras, que cortava o ar abafado do calor de julho, era apenas um gemido irritante; o chão que pisava era absolutamente repugnante, assim como o ar que respirava. Enquanto andava, sua memória era salpicada por lembranças de dias semelhantes, dias frequentes demais em uma vida que, no fim das contas, não podia ainda ser chamada de longa.

Como o dia em que, depois de se formar no colegial, foi chamado a integrar o exército do povo — uma decisão em que os indivíduos não tinham voz — e viu seus sonhos de frequentar a universidade se extinguirem. Ou o dia em que foi forçado a marchar com sua unidade, tendo seu destino escrito em um cartaz que um oficial segurava à frente da coluna, e depois se amontoar na caçamba de um caminhão coberta de lona, com tanta saudade de casa que seu peito chegava a inchar. Também naqueles dias, Myeong-chol sentiu vontade de chorar e reclamar do mundo; na época, como hoje, ele só podia engolir a frustração.

"Ei, é você, Myeong-chol? Myeong-chol!"

Myeong-chol, que olhava para o chão enquanto andava pela rotatória, ergueu o rosto e viu um sujeito atarracado de cabelos encaracolados atravessando a rua em sua direção. Era seu amigo Yeong-ho.

"E então, como é que foi?" Pela urgência na voz de Yeong-ho, dava para pensar que a solicitação sobre a qual perguntava era a dele mesmo. Os dois tinham se encontrado por acaso mais cedo naquele dia, quando Myeong-chol estava a caminho do Departamento Dois. Yeong-ho, que tinha ido beber algo para comemorar a visita há tanto tempo esperada de seu irmão mais novo, parou Myeong-chol na rua, e só o deixou partir depois de desabafar sobre a permissão para viagem. "Vai, me conta, conseguiu a autorização ou não?"

Sabendo que a notícia seria quase tão dolorosa para Yeong-ho quanto para ele mesmo, e tocado pela compaixão do amigo, Myeong-chol não conseguia abrir a boca. Embora não fossem da mesma cidade, tinham entrado para o exército na mesma unidade; a amizade se consolidou quando ambos foram dispensados e, contra a vontade, começaram a trabalhar nas minas de Geomdeok. Os dois tinham se tornado pais havia relativamente pouco tempo, e as esposas também tinham se afeiçoado uma a outra, por isso os casais passavam quase tanto tempo na casa um do outro quanto no próprio lar.

"Eu sabia", Yeong-ho soltou, passando a falar rápido na esperança de impedir que Myeong-chol chorasse. "Eu sabia que ia ser assim. Não disse nada quando te encontrei antes, achei que devia deixar você ter esperança, nunca se sabe, mas você não é o único que tem ido e voltado várias vezes ao Departamento Dois nos últimos tempos. A autorização de viagem do meu irmão foi aprovada há muito tempo, mas vive sendo adiada. Sempre tem algum problema para encrencarem — é a mesma autorização para dois deles, entende, por isso os dois precisam se apresentar juntos na fábrica, só que o outro sujeito ficou doente. O que meu irmão devia ter feito? Ele explicou a situação até não aguentar mais, só que não adiantou nada. Tinha esperança de que fossem ser um pouquinho compreensivos — ha! Aqueles cretinos são compreensivos como um pedaço de pau."

"Eu não tive nem tempo de explicar: se eu pudesse..." A garganta de Myeong-chol se contraiu dolorosamente, impedindo que ele terminasse a frase.

"Droga! Venha, Myeong-chol, vamos sair daqui!" Segurando o amigo firme pelo braço, Yeong-ho acenou com o barrilete de bebida para ele. "Só existe um remédio para um dia como esse — você precisa ficar bêbado, imediatamente."

Os dois voltaram para a casa de Yeong-ho, onde Myeong-chol fez exatamente o que o amigo sugeriu. Para piorar as coisas, beberam o barril quase inteiro sozinhos, já que Yeong-sam, irmão de Yeong-ho, recusou-se a beber mais do que um copo, por medo de perder o trem noturno. Myeong-chol nunca tinha bebido até chegar àquele grau de entorpecimento.

Yeong-ho, igualmente inebriado, teve a brilhante ideia de usar um dos telegramas como autorização de viagem, já que os dois eram praticamente do mesmo tamanho. "Se algum cretino quiser ver o papel, bem, ele há de ter mãe, como todo mundo, não é? Que cão não tem uma mãe? Com ou sem autorização, vá!"

Bêbado como estava, Myeong-chol não conseguia sequer pensar em seguir esse conselho. Com pena de Myeong-chol, Yeong-sam sugeriu um plano um pouco mais prático: sua autorização de viagem para aquela noite especificava duas pessoas, e como o outro sujeito não tinha como tomar o trem, eles podiam no mínimo ir juntos até a estação e ver se valia arriscar.

Myeong-chol só conseguia balançar a cabeça.

"Eu não posso", ele dizia arrastado, várias vezes. "Eu não sei fazer isso."

"Ah, pelo amor de Deus!" Yeong-ho foi tomado pela emoção, batendo com os pauzinhos na mesa das bebidas. "Eles devem ter treinado você muito bem nessa cidadezinha, hein? Te domaram direitinho. Nessa sociedade, é como eu digo, todo mundo é cordeirinho!"

"E você é diferente?", Yeong-sam respondeu. "Se você não tivesse sido 'domado', como diz, você teria conseguido viver por tanto tempo?"

"Há! Não é a verdade?... Ai, ai, Myeong-chol! Vamos cantar, venha."

O assobio do trem que corta o céu sem estrelas
Mexe com o interior do sujeito infeliz

Talvez porque uma das canções fosse sobre uma cotovia, quando Myeong-chol finalmente saiu cambaleando para sua casa, parou do lado de fora da porta em vez de simplesmente entrar. Uma gaiola ficava pendurada no beiral do telhado, com um par de cotovias. Os pássaros eram nativos da cidadezinha de Myeong-chol, e o irmão de sua mulher deu as aves de presente para eles em uma das visitas que fez, por ter ouvido falar da saudade que o cunhado sentia de casa.

Embora tivesse enterrado a placenta do próprio filho aqui nessa cidade de mineiros, para Myeong-chol essas cotovias eram as folhas de grama imensas e douradas e o céu inacreditavelmente azul da vila que sempre seria seu lar. Nas manhãs e noites em que as aves cantavam, ele jurava ouvir a corrente ao longe, a voz familiar da mãe com seus vários tons. Naquela noite, parado ouvindo os pássaros, seu coração se encheu de uma paixão que a bebida intensificou. Tirou a gaiola do gancho e a segurou nas mãos, mas o que seus olhos viam não eram as cotovias; o que eles viam era o rosto da mãe, pairando à beira da morte.

"Mãe! Você está com um pé no outro mundo e seu filho ainda não pode ir te ver. Eu não posso. Mãe!"

A porta da frente abriu e a mulher saiu às pressas, incomodada com a agitação. Ao ver Myeong-chol cambaleando, enganchou seu braço no dele e pediu que se apoiasse sobre ela.

"Entre e vá deitar. Você não tem culpa de não poder ir ver a sua mãe. Está me escutando? Não é culpa sua. Essa sociedade às vezes é demais. Acabar assim com uma pessoa!"

Mas as lágrimas de Jeongsuk só espalharam as labaredas.

"É verdade, não é culpa minha, não é culpa minha... Estou numa gaiola, igual a este pássaro... Droga!" Rangendo os dentes, Myeong-chol destravou a gaiola e escancarou a porta. As cotovias cantaram em uníssono, como se agradecendo, depois abriram as asas e saíram voando da gaiola, de início meio sem jeito, depois de tanto tempo confinadas.

"É verdade!", Myeong-chol murmurou. "Vão, vão. Vocês também devem ter uma terra natal em algum lugar, e uma mãe que deu vocês à luz..." Ele ficou olhando as cotovias diminuírem de tamanho até virarem pontos negros, depois desaparecerem totalmente em meio ao azul. Um espasmo tomou seu rosto, e ele jogou a gaiola vazia no chão. Ver as aves voarem tão alto, tão longe, causou nele uma inveja ardente e despertou uma coragem que ele nem sabia ter. "Elas estão indo, e eu também vou... Sim, é isso, eu também vou!"

Ele tirou o braço que estava preso no da mulher e correu para a casa, indo direto até sua mochila, já preparada para o caso de ele ter uma decisão favorável no Departamento Dois. Além de uma muda de roupas e de vários artigos de utilidades, a mala tinha um pacote de frutas secas, que diziam que faria bem para a doença do coração da mãe, e que a mulher dele montou aos poucos pegando frutos caídos nas montanhas ao longo do outono.

"O que você está fazendo?", Jeongsuk gritou alarmada, mas Myeong-chol tirou a mão dela da frente do caminho e marchou pela porta.

* * *

Depois disso, a memória de Myeong-chol era um vácuo. De acordo com Yeong-sam, foi por pura sorte que ele e Myeong-chol acabaram no mesmo vagão. Assim que Yeong-sam o viu, correu e arranjou um assento para Myeong-chol, que imediatamente reclinou a cabeça e começou a roncar. Afirmando que Myeong-chol era o segundo viajante mencionado na autorização e pedindo imensas desculpas pelo estado do outro, Yeong-sam conseguiu fazer com que os dois passassem por quatro inspeções sem que sua fraude fosse descoberta.

Agora, porém, franziu a testa e levou a boca bem perto do ouvido de Myeong-chol.

"Tenho que descer na próxima parada. O que você vai fazer? Daqui para frente você está por conta própria. Vai precisar ficar na 'moita', como um guerrilheiro."

Myeong-chol acenou com a cabeça para mostrar que entendeu, mas a ideia de ir adiante sozinho enchia de medo seu coração. Ele sentia a armadilha se fechando à sua volta, e um arrepio correu por sua espinha. Ele ia ser pego; era óbvio que ia. No entanto, não suspeitava quão pouco tempo faltava para a armadilha se fechar.

Mais ou menos vinte minutos depois de Yeong-sam saltar na sua estação e de o trem retomar o caminho, a voz do funcionário estilhaçou o sono dos que finalmente tinham conseguido cochilar depois de a última leva de passageiros agitar o vagão. "Inspeção de autorização para todos os passageiros. Por favor, tenham as autorizações em mãos." Nas contas de Yeong-sam, essa seria a quinta inspeção desde que os dois entraram no trem, mas para Myeong-chol, ouvir as palavras pela primeira vez foi como ter uma arma apontada para as costas. Dois seguranças ferroviários já tinham entrado no vagão, um em cada ponta, os uniformes azuis lhes dando aparência de cobras venenosas enquanto apontavam suas lanternas brilhantes para todos os lados. O coração de Myeong-chol batia tão forte que ele tinha certeza de que os outros passageiros ouviriam. O peito e as costas estavam escorregadios de suor frio.

"Ei! Acorde! Se mexa, rato imundo." Ao som de pessoas sendo arrastadas para seus assentos a poucas fileiras de distância, a visão de Myeong-chol escureceu. Seu lado racional perdeu qualquer interesse por dignidade ou vergonha, e seu corpo assumiu o controle, dominado pelo instinto de evitar de todo modo possível que o descobrissem. Ele se jogou no chão e começou a se deslocar entre os assentos, em meio às pernas dos demais passageiros, como uma enguia desaparecendo na lama.

Um odor fétido, indetectável de cima, agora entrava em suas narinas, e uma teia de aranha grudou em uma de suas sobrancelhas. Ele se contorceu como uma cobra, joelhos praticamente tocando no queixo, e amaldiçoou seu corpo alto, que reclamava por ser tratado assim. Embora seguisse batendo o nariz em sapatos e tênis, na verdade ele era grato por esse emaranhado de pernas que ocultavam o caminho tanto adiante quanto atrás. Essa gratidão, no entanto, era fugaz. Seu sangue fervia de novo. *Que crime eu cometi? Por acaso sou ladrão ou assassino para ter que me degradar assim? Neste meu país é crime ir visitar a mãe doente?* Ele teve uma necessidade súbita de se erguer e correr para fora do vagão. Mas nesse exato instante, a luz da lanterna ceifou bem em frente a seu rosto e ele se curvou o máximo que pôde, chegando a fechar bem os olhos.

"Autorização!" Aquela única palavra era como um martelo de ferro batendo na cabeça de Myeong-chol. Prendendo a respiração, abriu os olhos só um pouco e descobriu que seu olhar, voltado para cima, recaía bem sobre o cinturão do segurança, visível debaixo da jaqueta, enquanto ele apontava a lanterna, bem de perto, para a autorização que segurava com a outra mão. Aquele cinturão tomou proporções gigantescas diante de Myeong-chol, ameaçando se transformar na corda tensa usada para amarrar criminosos. Será que ele não estaria carregando a mesma corda que Myeong-chol vira tantos anos atrás, manchada de sangue como na época? O incidente tinha ficado gravado na sua memória, e voltou agora com toda a clareza apesar do perigo do presente.

Aconteceu num dia de primavera quando Myeong-chol ainda era menino, no quinto ano da escola. Os alunos que, segundo a escola, apresentavam tendências contrarrevolucionárias tinham sido levados em marcha até uma fazenda, postos em fila em um campo de debulha e recebido ordens de sentar. Lá, um criminoso condenado estava amarrado ao tronco de um pessegueiro debaixo da gloriosa profusão de flores.

Enquanto o promotor começava a recitar seus argumentos, contando como o homem havia esfregado fezes em suprimentos que seriam exportados para a União Soviética, o criminoso começou a se contorcer freneticamente. Embora parecesse que estivesse gritando algo, tentando sacudir os braços como forma de protesto, o fato de seus membros estarem presos ao corpo e de um trapo ter sido enfiado em sua boca significava que a única informação que ele conseguia transmitir era a sua agitação, que pouco a pouco foi ficando mais violenta. De repente, seus movimentos pareceram ficar muito mais livres, como se uma das cordas tivesse arrebentado, e um oficial usando capacete correu até a árvore. Pegando uma corda enrolada que trazia no cinturão e esticando-a com um movimento rápido, treinado, ele a usou para amarrar ainda mais forte o criminoso que se debatia.

Pouco depois, ouviu-se uma rápida sucessão de tiros ensurdecedores. Os odores metálicos de sangue e pólvora encharcaram o ar fresco da tarde. Um caminhão roncou entrando no campo e foi de ré até perto do pessegueiro. Dois seguranças usaram suas facas para cortar as cordas em torno da árvore. Mas o oficial de capacete usou as mãos nuas para desamarrar a sua, enfiando de novo no bolso o pedaço certamente encharcado de sangue. Isso fez as pernas e os braços de Myeong-chol tremerem mais até do que os próprios tiros.

Mais tarde, a lembrança da corda assombrou os dias de Myeong-chol, uma imagem inevitável em seus sonhos nas noites em que ele não conseguia terminar a lição de casa, quando se via amarrado tão forte à cama quanto o criminoso ao pessegueiro. Esse período de sua vida marcou uma mudança em Myeong-chol; ele começou a se sentir cada vez mais intimidado e dócil, se apressando a obedecer independente de quais fossem as tarefas passadas pelos professores ou pelo líder dos Escoteiros.

Aquela corda, que inculcou em Myeong-chol uma severa obsessão pela obediência quando ele era menino, voltou a visitá-lo quando ele era homem feito, no dia em que foi dispensado do Exército e partiu para as montanhas de Geomdeok. Naquele dia, quando um oficial de escolta subiu no caminhão com eles, encarregado de garantir que ninguém tentasse desertar, Myeong-chol viu de relance aquela corda pendurada no cinturão do homem, ao lado de um coldre. Agora, rastejando pelo chão imundo do vagão, com seu destino sendo decidido, a ideia de que poderia voltar a encontrar aquele objeto horroroso pareceu o aspecto mais aterrador da situação. Era como se estivesse vendo a metáfora de um poder que o mantinha sempre bem preso, sem jamais aliviar a pressão não importando quanto ele tentasse se libertar...

Mesmo depois de os dois funcionários saírem do vagão, empurrando e apressando uma pequena fila daqueles cujas autorizações não estavam em ordem, Myeong-chol mal se deu ao luxo de respirar. Ele podia ter ficado deitado debaixo dos assentos por toda a viagem, tendo passado em segurança pelo momento de crise, mas atormentado por um sentimento recém-adquirido de "manter as aparências", se não fosse por um golpe de sorte — um blecaute no trem.

Com o interior do vagão negro como os campos do lado de fora, Myeong-chol não perdeu tempo, arrastou-se por baixo dos assentos, indo rumo a um lugar mais distante do trem, na direção oposta a dos seguranças, ainda agarrado à mochila, com seu precioso pacote de frutas secas, que seus dedos se recusaram a largar mesmo no auge do terror.

Ao longo da noite e do dia que passou naquele trem, Myeong-chol pareceu se tornar uma pessoa diferente. O rosto magro e os olhos brilhantes que devolviam seu olhar na janela do vagão eram semelhantes aos de uma pessoa devastada por uma doença. O que era compreensível, levando em conta que precisou escapar de mais duas inspeções, uma delas se escondendo nos banheiros fedorentos e outra se abaixando do lado de fora do vagão, passando pela janela que havia na parte superior da porta, depois se agarrando enquanto o trem corria pelos trilhos. Embora fossem sujas e perigosas, essas opções eram infinitamente preferíveis aos gemidos e lamentos dos que eram pegos nas inspeções e forçados a descer do trem na estação seguinte.

Mas agora tudo isso tinha ficado para trás. Agora, que a estação de sua cidadezinha era a próxima, Myeong-chol fixou os pensamentos na chegada à casa e se esqueceu de seus problemas pela primeira vez desde que Yeong-sam o acordara. Olhando pela janela, imaginou ver o rosto da mãe em vez de seu próprio, e sua mão procurou a mochila no colo enquanto ele pensava em como ficaria feliz ao vê-la, mesmo que de cama.

Bem quando o sol da manhã ultrapassava o cume do monte Seokda, Myeong-chol desceu do trem, se escondendo em meio a um pequeno fluxo de passageiros, de onde escapou assim que o perigo passou, escalando o muro da estação sem que ninguém o visse. Ele ficou incomodado por entrar sorrateiramente em sua cidade como se fosse um ladrãozinho qualquer, mas na falta de uma autorização, não havia outro jeito. À medida que as ruas da cidade iam terminando, subiu rumo ao desfiladeiro Maldeung e lá, no topo, pôde ver o leito largo do rio Soyang, seus contornos sinuosos tão dolorosamente familiares. Depois de atravessar o rio, seriam meros dez *ri*, atravessando uma única planície e contornando uma única montanha, até estar em casa de novo, na sua aldeia de Solmoe!

O passo de Myeong-chol ficava mais rápido à medida que ele se imaginava pisando na casa da infância; em sua cabeça, já conseguia ouvir a tranca se abrindo. Embora o sol agora estivesse alto o suficiente para o calor ter aumentado, a brisa fresca do rio Soyang chegava até ele, mesmo a essa distância. Myeong-chol poderia jurar que já ouvia as ondas batendo, o canto das aves aquáticas. Para alguém de Solmoe, cercado de montanha nos três outros lados, o rio era uma presença quase maternal e cenário de muitas memórias felizes.

Myeong-chol tinha seis anos quando cruzou o rio pela primeira vez, em uma visita à casa dos avós para a festa da colheita, no outono. Assim que ele e a mãe desceram da balsa, Myeong-chol começou a atormentá-la para que fizessem de novo a travessia. A mãe fez o que pôde para que ele desistisse, lembrando que iam voltar pelo mesmo caminho mais tarde, mas Myeong-chol insistiu em voltar imediatamente para o barco. Diante de uma empolgação tão teimosa, a mãe não pôde fazer nada, a não ser pagar a tarifa de novo para o balseiro.

"Espere", disse o velho, franzindo a testa, "você não acabou de me pagar?"

"Sim, mas meu filho quer andar de novo no barco e, se eu não deixar, ele nunca mais vai parar de falar nisso."

"Você está me dizendo que quer mais uma viagem completa? Voltar para o lado de onde veio, e depois vir para cá de novo?"

"É, isso mesmo. Desculpe, sei que não deve ser fácil na sua idade, mas..."

"Nunca achei que ia ver esse dia — um menino dando ordens na mãe! Não precisa pagar nada, só entre aqui. Você também, menino!"

E assim eles acabaram fazendo outra viagem no rio, de ida e volta, e Myeong-chol ria de prazer. Assim que a excursão acabou, a mãe teve de se abaixar para vomitar à margem do rio. O barqueiro balançou a cabeça, olhando para ela com profunda compaixão.

"Mesmo nesse estado você ainda deu ao seu menino o que ele queria..."

Myeong-chol nunca esqueceu essas palavras, nem a visão da mãe no final da gravidez sorrindo ligeiramente em meio à náusea, com uma mão na barriga. Era uma lembrança tão cara a Myeong-chol que sempre que sonhava com a mãe, como aconteceu no trem, aparecia a margem de um rio ou uma balsa navegando.

Espere só mais um pouquinho, mãe! Logo vai ser você que vai achar que está sonhando, quando esse seu filho colocar a cabeça para dentro da porta!

Uma nova onda de energia deu asas aos pés de Myeong-chol e ele voou pelo caminho que levava à ponte, uma nuvem de pó atrás de seus passos.

"Parado!" Despertado de seu sonho por essa ordem abrupta, Myeong-chol percebeu tarde demais o quanto tinha sido descuidado ao se aproximar sem nenhuma precaução do pedágio e do posto de controle. Mesmo assim, só veículos eram parados ali; evidentemente não iam se preocupar com um sujeito sozinho a pé...

"Documentos de identificação."

O sujeito que saiu da guarita parecia ter mais ou menos a idade de Myeong-chol. Estava bem-vestido, segurava um rifle sobre o ombro e tinha olhos pequenos, oblíquos que lembravam os de um passarinho. Myeong-chol criou raízes no lugar. Ficou ali piscando tolamente por um instante, depois, às pressas, tentou pegar seus papéis. Os olhos do sentinela ficaram ainda mais cerrados enquanto ele varria cada página do documento.

"Autorização de viagem."

"Eu... não tenho." Myeong-chol tinha entrado na estrada que levava ao inevitável xeque-mate.

"O quê?" Aqueles olhos de pássaro brilharam em sua direção. "Você viajou desde a província de Hamgyeong até aqui sem autorização? Quando nosso distrito está prestes a ser sede de um evento Classe Um? Inacreditável!"

O sentinela soprou um apito estridente que estava pendurado no pulso, e a porta do posto de controle se abriu.

"Que foi?"

"Esse sujeito veio de Hamgyeong sem autorização de viagem."

"Ora, ora, que intrépido! Mande esse herói aqui para dentro para mim."

Confuso pelo tom de admiração, Myeong-chol caminhou mansamente até o posto e se abaixou pra passar pela porta. Assim que entrou, percebeu o erro. O sujeito que o mandou entrar era um oficial das forças de segurança, com um *T* azul-escuro nas dragonas; estava sentado na única cadeira do local, tendo à frente uma fila de homens e mulheres com rostos pálidos, tensos. Ele parecia ter estado ocupado ensinando a eles como se comportavam mal, e achou que a chegada de Myeong-chol era um exemplo útil.

"Olhem aqui. As viagens entre um distrito e outro são controladas do modo mais rigoroso possível, e mesmo assim este duende veio rastejando até aqui em plena luz do dia!"

Ele apontou um dedo para o infeliz Myeong-chol.

"De onde na província de Hamgyeong?"

"Distrito T."

"O que você faz lá?"

"Sou mineiro."

"Mesmo! E como é que o distrito T vai atingir suas metas de produção com gente fugindo por aí? É assim que se cria o caos!" Ainda sacudindo a mão na direção de Myeong-chol, o oficial se virou para sua plateia cativa. "Então, precisamos ou não precisamos controlar o deslocamento dos cidadãos? Digo, autorizações de viagem não são úteis apenas para capturar espiões inimigos. Entende? Estou perguntando para você, vovó."

"Sim, é claro, mas só tem uma ponte entre o distrito de Hadong e o distrito de Sangdong... e o meu neto ficou doente, de uma hora para outra. Bom, no começo era só um resfriado..."

"Quieta, já chega."

Se não fosse por um caminhão ter parado bem naquela hora, sabe-se lá que outras humilhações Myeong-chol enfrentaria. O funcionário olhou pela janela, depois pegou o telefone.

"Divisão de operações de segurança militar? Um veículo acaba de chegar. Sim, sim. Vou mandar todos eles para você."

Ele desligou o telefone e começou a tocar as pessoas para fora do posto.

"Vamos, andem, todo mundo!"

"*Aigo*, senhor, camarada!"

"Por favor, senhor, o sogro do meu filho morreu, ele mora na próxima aldeia..."

"Eu estava com os meus documentos, juro, mas perdi no caminho..."

No meio dessa agitação, Myeong-chol agarrou o braço do funcionário.

"Camarada Oficial!"

Para alguém como Myeong-chol, desajeitado e indeciso por natureza, esse era um gesto de extraordinária coragem, muito além de qualquer coisa que ele já tinha ousado fazer antes. Mas foi obrigado a isso pela memória de todas as provações que tivera de enfrentar para chegar até ali, e pela voz que gritava dentro de sua cabeça lembrando que sua mãe devia estar sofrendo, se agarrando dolorosamente à vida na esperança de voltar a se encontrar com o filho pela última vez. Ter chegado tão longe só para fazer meia-volta e ser despachado sem nem ter posto os pés na sua casa da infância era simplesmente insuportável.

"Por favor, camarada Oficial, reflita sobre minha situação!"

"Que diabos você acha que está fazendo?", o oficial vociferou, afastando o braço. Olhou para Myeong-chol como se fosse um dejeto que o ofendia simplesmente por estar ali. "Os corvos podem crocitar o quanto quiserem, mas você cale a boca! Você merece ser jogado na cadeia, está me escutando?"

Mas nem a sinistra palavra "cadeia" podia intimidar Myeong-chol agora. Ele pagaria qualquer preço, correria qualquer risco, para ver a mãe pela última vez. O que importava se o prendessem? Seria como ser espancado em um sonho.

Mas não era para acontecer. O sentinela armado veio correndo, e todo o grupo, inclusive Myeong-chol, foi forçado a entrar no caminhão, como porcos sendo mandados para o matadouro. Não houve exceções, nem para a velhinha que se agarrou ao tornozelo do oficial, nem para o corcunda que andava com bengala. O caminhão rugiu ganhando vida, vomitando um círculo de fumaça negra ao começar a andar.

Mãe!

O ar que Myeong-chol respirava irritava a garganta. Os olhos ficaram enevoados e, quando viu a velha balsa, não conseguiram segurar as lágrimas. Teve pena da pobre mãe, esperando em vão por um inútil de um filho estúpido, e lamentou seu próprio destino cruel, que agora o prendia como uma mosca a uma teia.

Mãe! Me perdoe. Seu filho é um idiota, seu filho é um idiota...

Uma nuvem opaca de poeira se erguia quando o caminhão passava, apagando os campos e as montanhas de seu lar. Há um momento ele tinha como chegar lá e tocar nessas paisagens; agora, era como se estivesse separado de tudo aquilo por dez mil *ri*.

O filho deles tinha acordado e começou a chorar. Myeong-chol ficou em silêncio, dando mais umas tragadas no cigarro. Era o primeiro que fumava depois de voltar para casa, depois de passar os últimos dias se recuperando de suas provações, e o tabaco fazia sua cabeça girar. Jeongsuk falou animada:

"Olhe, Yeong-min, o seu pai acordou! Aqui, olhe. Olhe o seu filho!"

"Filho? Ha!" O riso de Myeong-chol era tenso. Embora visse que Jeongsuk estava tentando parecer corajosa, usando um tom de voz deliberadamente alegre que não combinava com os olhos inchados, ele parecia não conseguir, ou no mínimo não querer, fazer o mesmo.

"Yeong-min, você está feliz de ver o papai, não está, hein?", Jeongsuk prosseguiu se esforçando bravamente, fazendo cócegas debaixo do queixo do filho.

"De que serve um filho num país como o nosso? Quando uma mãe está no leito de morte e o filho não pode nem aparecer? Filhos!"

"Não diga isso, por favor. Agora isso é passado, não faz sentido ficar remoendo. Você vai solicitar uma nova autorização, e desta vez ela vai ser aprovada. A saúde da sua mãe vai aguentar até lá. Tenho certeza."

Por mais que Jeongsuk quisesse apoiar o marido, tinha ficado profundamente abalada com o relato das provações por que ele passara, e era natural que tentasse enterrar aquela lembrança com essas palavras vãs de consolo. *Afinal*, ela pensou, *feridas nunca saram se você continua abrindo o machucado*. Mas havia uma preocupação mais urgente que ela precisava tirar do peito.

"E o que vai acontecer com o seu emprego? Você faltou mais de vinte dias sem estar de licença..."

"Ah", Myeong-chol disse com um sorriso estranho, "mas eu tenho um bom motivo. Um motivo que nem a fábrica vai poder contestar".

Ele pegou o caderno que estava em cima da mesa, tirou um pedaço de papel dobrado que estava entre as páginas e entregou para Jeongsuk. Ela passou os olhos apressada.

> Nome: Kim Myeong-chol
>
> Confirmação de que o camarada supracitado irá passar por uma reeducação para o trabalho no período determinado abaixo, como punição por violar as regras de viagem.
>
> De 2 de julho de 1992 a 24 de julho de 1992.
>
> *Província de Pyongan Sul, Departamento de Segurança Militar*
>
> *Escritório de Reeducação para o Trabalho*

"Não!" Esse grito escapou dos lábios de Jeongsuk enquanto seus olhos se deslocavam do papel para o marido.

Agora foi a vez de Myeong-chol usar um tom alegre.

"Como você disse, o que está feito, está feito, não é mesmo? E foram só vinte e dois dias, no fim das contas. Vinte e dois dias em que trabalhei como um boi, com arreio e rédeas."

"Não — não me conte mais nada", Jeongsuk gritou, pondo as mãos sobre os ouvidos. Ela imaginou as feridas e os vergões que a camisa do marido deviam esconder, se lembrou da roupa de baixo infestada de piolhos que teve de lavar. Sentiu uma dor no peito.

Do lado de fora da janela, uma cotovia cantou, e Myeong-chol se ergueu, sentando, surpreso. Voltando-se para a janela, viu a gaiola pendurada no beiral, onde sempre estivera.

"Como isso é possível?"

"Na manhã seguinte de você libertar as aves, elas voltaram. Então eu pus as duas na gaiola de novo."

"Criaturas tristes, domesticadas!", Myeong-chol murmurou como se estivesse mascando e cuspindo cada palavra.

As cotovias cantaram de novo como se respondendo a Myeong-chol. Ele conseguia imaginar o que elas diziam: "E você não é igualzinho? Afinal, você voltou...".

É verdade, o que sou senão um animal numa gaiola, para quem a menor das distâncias parece ser de mil ri? *Uma criatura triste, domesticada!*

Myeong-chol se levantou. A linha formada por seus lábios parecia firme como uma rocha, enquanto um músculo saltava em uma de suas bochechas. Ele se debruçou na janela e tirou a gaiola do beiral, segurando-a à distância de um braço. De sua boca saiu algo semelhante a um gemido. Com movimentos estranhamente pacientes, como se estivessem operando independentemente do resto do corpo, as mãos começaram a puxar, cada uma de seu lado da gaiola. Houve um estalo alto, e a gaiola se partiu em duas. Com calma e sem hesitação, como se tivesse ensaiado cada movimento, Myeong-chol deixou as duas metades caírem no chão. As cotovias voaram em círculo dentro da sala uma única vez, depois saíram pela janela rápido como flechas.

"Por que você fez isso?" A voz de Jeongsuk tremia de medo; ela nunca tinha visto o marido agir assim.

"Não tem 'por quê'. Eu precisava quebrar a gaiola e quebrei, só isso."

Enquanto Myeong-chol olhava em silêncio as cotovias desfrutando de sua liberdade, seu rosto parecia estranhamente sereno. Do lado de fora, veio o som de passos e de papéis se esfregando um no outro e, em seguida, o carteiro jogou um telegrama pela janela aberta. Tanto Myeong-chol quanto Jeongsuk correram para pegá-lo, e seus olhos recaíram sobre os quatro pequenos ideogramas, que os dilacerou como uma faca entrando nas vísceras.

"MÃE MORREU."

Não houve lamentos, não houve choro, ninguém se atirou no chão. As mãos que seguravam o telegrama meramente tremeram, em silêncio, sacudidas por algo bem mais poderoso do que lágrimas.

7 de fevereiro de 1993

PANDEMÔNIO

Na montanha atrás da aldeia, um cuco cantou, gritando como se estivesse engasgado com um coágulo de sangue. Então a sra. Oh não era a única que não conseguia dormir.

O longo suspiro do marido deixou claro seu próprio desconforto. Então, como numa reação em cadeia, a neta deles começou a chorar.

"Neném, está doendo?"

A mão trêmula da sra. Oh tateou no escuro em busca da perna enfaixada na neta. Seus dedos esbarraram numa ripa de madeira quadrada, dura e fria ao toque. Um arrepio correu por sua espinha.

Embora a sra. Oh tentasse expulsar a dor com um suspiro, ela teimava em permanecer no seu peito. Era evidente que a perna quebrada da neta de cinco anos doía, mas a sra. Oh tinha seus próprios sofrimentos para enfrentar, a faixa em volta de sua lombar obrigando-a a deitar sem se mexer na mesma posição desconfortável. Poucos dias antes, quando o casal de velhinhos recebeu a visita da filha grávida, cuja data de parto se aproximava rapidamente, eles acharam que estariam fazendo uma boa ação ao ficar com a menina por uns dias, deixando a mãe se concentrar em cuidar de si mesma. Se a sra. Oh tivesse como prever que uma calamidade daquelas ia recair sobre a menina...

"Mamãe..."

"Pequena Yeongsun, agora que sua perna melhorou, vamos pegar o trem para ver a mamãe, que tal?"

"Não quero, não quero, não quero pegar o trem..."

O choramingo dela, que até ali era sutil como o som de um filete gotejando, explodiu em um berro. Estilhaçando o interior escuro da casa, o som era de desespero e de protesto.

"O que você está fazendo, falando daquele trem horroroso na frente da criança? Aquilo dá arrepios em qualquer um", reclamou o marido da sra. Oh. Os gritos da criança dobraram de volume, como se a observação do avô aumentasse ainda mais sua tristeza.

"Ah, é claro", murmurou a sra. Oh, "Que velha boba eu sou, verdade". Ela se levantou e procurou o interruptor. Quando o quarto ficou iluminado, foi abraçar a garota chorosa.

"Ah, nossa pequena Yeongsun, dá um abraço na vovó?" Uma compaixão devastadora cresceu nela, fazendo-a passar os braços por baixo do corpo da neta, tomando cuidado com a perna enfaixada, e a levantando. Carregando a menininha nos braços, foi até o banco debaixo da janela onde tinha passado as últimas horas, e sentou de novo.

Melhore, melhore
Nossa pequena está dodói
Deixa a vovozinha
Cuidar de você...

Apesar de a sra. Oh ter feito todos os esforços possíveis para consolar a criança que estava em seu colo, a menininha não conseguia controlar as lágrimas. A tristeza dela parecia não ter diminuído em nada, de tão fundo que tinha machucado seu coração. Como parar essa dor dentro dela, como curar a ferida causada quando seu joelho macio bateu, como o pardal que enfrentou o malvado Nolbu?

"Yeongsun, a vovó cometeu um erro." As palavras pareciam cortar em duas a garganta da sra. Oh. "A gente não vai pegar o trem, tá bom? Nunca mais!"

Nunca! Lá estava de novo aquele barulho infernal, soando em seus ouvidos como se para lembrá-la de que devia cumprir a promessa. E aquela pavorosa estação de trem, origem de toda a agitação, surgindo em sua memória como uma cena de pesadelo...

"Tem gente morrendo aqui!", gritou a sra. Oh, tomada pela convicção desesperadora de que estava prestes a dar seu último suspiro, soterrada naquela multidão. Sua cabeça e as costas estavam sendo o tempo todo esmagadas por essa massa de membros contorcidos, entrelaçados, ao mesmo tempo em que golpes firmes tiravam o ar de seu peito. Um calor latejante, o fedor do suor, a lama grudenta debaixo dos pés... essas coisas já estavam perdendo importância para ela, ficando apenas como pano de fundo. Um só pensamento pairava claro e forte em sua cabeça — que esse era o modo como ela iria morrer. Talvez fossem todos os seus anos como professora de história, que agora lhe davam a ilusão de ser apanhada em meio a uma massa de escravos famintos, em um dos motins por grãos de que ela falava aos alunos.

E de fato a sra. Oh teria encontrado seu fim ali, não fosse pelo fato de o suprimento de pão ter acabado na última hora. Assim que todo o pão do carrinho de mão foi vendido, o turbilhão diminuiu. Ela conseguiu comprar três pacotes pouco antes de o caos chegar ao ápice, e ficou com os pães agarrados a salvo contra o peito o tempo todo. Pensando que tinha comprado aquilo com seus últimos cupons de ração, que sem aquilo a família passaria fome por sabe-se lá quanto tempo durasse a viagem até seu destino, a sra. Oh segurou firme os preciosos pacotes.

"Ei! Tem até vovós rastejando nessa confusão?", um rapaz encharcado de suor gritou surpreso ao vê-la. Concentrada em encontrar seu outro sapato, que tinha caído e sido chutado para longe no tumulto, ela não demonstrou que tinha ouvido. Encontrou o sapato enlameado e o calçou, mas ainda restava a tarefa de voltar à sala de espera para encontrar o marido e a neta. A sala tinha gente saindo pelo ladrão, a ponto de até os caixilhos das janelas terem desaparecido, tendo sido retirados numa tentativa de liberar algum espaço. O que antes era janela agora era usado como porta, e as garrafas de água que as pessoas levavam na viagem foram transformadas em penicos. Se pelo menos parasse de chover eles não iam precisar se apertar num espaço minúsculo daqueles. Mas do jeito como as coisas eram, a sala de espera era o único refúgio para não se encharcar até os ossos.

Gente deitada ou sentada no chão de concreto, apesar de toda a lama que veio lá de fora; gente sem ter nem espaço para sentar, que em vez disso tinha de ficar em pé, parada como um poste — quase todas pessoas que, como a sra. Oh e sua família, pretendiam trocar de trem nessa estação, e que se viram presas porque estava acontecendo um evento Classe Um.

A própria estação não era particularmente grande e ficava longe de áreas urbanas, mas ali várias linhas convergiam, o que significava que mesmo uma pequena mudança no serviço era o bastante para causar um atraso imenso. Isso já era bem ruim, mas como a estação agora já estava completamente trancada há trinta e duas horas e sem previsão de reabertura, era de se esperar que houvesse acúmulo de gente e confusão. Todos os pretensos passageiros tinham esgotado suas provisões, e o punhado de restaurantes simples era insuficiente para atender a demanda. Mesmo a compra de um pacote de pão envolvia o tipo de provação pela qual a sra. Oh tinha acabado de passar, e as dificuldades para voltar à sala de espera não eram menores. Os nervos das pessoas estavam à flor da pele, levando-as a criar confusão por absolutamente qualquer coisa. Rostos escurecidos pela poeira da estrada de ferro estavam transtornados de irritação; as pessoas resmungavam porque alguém tinha sacudido a mochila usada como travesseiro ou por ter levado uma cotovelada nas costelas de alguém que forçava passagem. E mesmo quando essas ninharias ficavam para trás, todos seguiam com a mesma expressão furiosa.

Que droga de evento Classe Um demora tanto? Que droga de evento Classe Um mata gente assim? Claro, essas palavras de descontentamento jamais poderiam passar por seus lábios. O evento Classe Um em curso naquele momento envolvia uma viagem de Kim Il-sung pela mesma ferrovia — Kim Il-sung, cuja sacra inviolabilidade significava que, mesmo caso ele anunciasse que um assassino condenado deveria viver, qualquer um que ousasse demonstrar a menor desaprovação estaria selando seu próprio destino, tendo à disposição para reverter isso menos recursos do que um camundongo diante de um gato. Na verdade, os "gatos" deviam estar na estação toda agora, inclusive dentro da sala de espera, espalhados entre os camundongos, como sementes em uma abóbora.

Muito provavelmente, os gatos fingiriam passar pelas mesmas provações enfrentadas pelos camundongos a seu lado, chegando a choramingar como os outros a cada vez que levassem uma trombada ou um esbarrão... e aos miseráveis camundongos, suspeitando disso, só restava destinar sua raiva aos mais triviais dos incidentes, como a noiva que desconta no cachorro da família ao levar uma bronca da sogra.

Com tanta gente à procura do cachorro da família neste caso, a sra. Oh precisou de dez minutos para voltar ao lugar onde marido e neta a esperavam, embora a distância do jardim em frente à estação até lá fosse de uns trinta passos, mais ou menos. A família tinha se instalado temporariamente em um dos cantos da sala de espera, o lugar ideal para evitar "ataques" de trás ou das laterais.

Yeongsun foi a primeira a avistar a sra. Oh. "Pão!", ela exclamou.

Eles só tinham precisado pular uma única refeição desde o começo da viagem, mas mesmo assim a menina pareceu mais feliz ao avistar o pão do que a avó. O marido, porém, continuou o mesmo de sempre.

"Olhe como você está suando! Foi por isso que eu disse que eu devia ir..."

Ele estendeu a mão para pegar um pacote de pão e se virou para a moça que havia ficado temporariamente no lugar da sra. Oh. As roupas deixavam claro que ela era recém-casada. Ela tinha dormido no lugar onde sentou, a cabeça reclinada para a frente sobre sua mochila. "Com licença, senhorita", ele disse ao acordá-la, e foi um pouco para o lado para ela ainda ter onde sentar agora que a sra. Oh tinha voltado. Rasgando seu pacote para abrir, a sra. Oh deu um pedaço de pão para o marido e outro para a neta.

"Estou bem", disse o velhinho, fingindo não ter fome, embora na verdade estivesse se contendo. Antes de a sra. Oh ter ido ao jardim, ele entregou a ela o último cupom de ração que tinha na carteira. Cada pacote que ela comprou tinha cinco pequenos pães, quinze no total — e isso era tudo que eles teriam até chegar a seu destino.

"Vá em frente, coma. Não se preocupe com a menina. O trem vai partir a qualquer momento agora, você vai ver. Realmente acha que iam deixar a gente morrer de fome aqui?" A sra. Oh pôs à força um pedaço de pão na mão do marido.

"Tudo bem, então coma você também."

Já que esse parecia ser o único jeito de levar o marido a fazer o mesmo, a sra. Oh comeu um pedaço de seu precioso pão. Na verdade, os dois estavam nervosos, preocupados com a possibilidade do pouco que tinham não durar e Yeongsun acabar ficando com fome.

"Uau! Parece que você está gostando..."

A moça que cedeu lugar à sra. Oh, e que agora estava sentada comprimida contra eles, riu ao ver Yeongsun, com sua carinha de anjo, devorar o pão em grandes bocados.

"Ah, que cabeça a minha. Tome, pegue um pedaço." Num gesto sincero de desculpas, a sra. Oh passou um pedaço de pão para a moça.

"Sim, pegue um", o marido insistiu.

"Não, não", a moça disse, empurrando com firmeza o pacote de volta e sorrindo, afetuosa, para o casal, por sua preocupação. "Tenho um pouco de comida na mochila. Vocês ainda estão longe do destino? Depois de tudo isso..."

"Ah, a gente já percorreu um bom trecho, agora não falta muito. Desde que a gente consiga sair dessa situação horrorosa..."

"Pelo amor de Deus, quando é que esse trem — ah!" A moça gemeu abruptamente, parecendo surpreendida. As duas mãos instintivamente foram para sua barriga e ela enterrou o rosto na mochila.

"Você está bem?", a sra. Oh perguntou. "Mas claro — você deve estar grávida." Talvez fosse por constrangimento, ou talvez simplesmente por causa da dor, mas independente do motivo, a moça não conseguiu responder. A sra. Oh decidiu ser mais direta. "Quantos meses?"

"Oito... Estava tudo bem, mas fui acotovelada no meio da multidão agora, enquanto tentava carimbar minha passagem..."

"Tem alguma coisa que a gente possa fazer?", a sra. Oh exclamou. "Aqui no meio do nada..." A ansiedade dela era sincera, como se o problema fosse de alguém de sua própria família. Afinal, essa moça podia ser sua filha, que estava mais ou menos no mesmo estágio da gravidez. Hoje em dia, numa época em que as mulheres enfrentavam as mesmas dificuldades que os homens, quem tinha como garantir que uma calamidade semelhante não tinha se abatido sobre a filha desde que a viram pela última vez?

"Olha, deite um pouco." Pensando como a esposa, o senhorzinho encolheu as pernas para dar um pouco mais de espaço à moça.

"Ai, meu Deus..."

Mas nenhum deles tinha como saber o que aconteceu com ela depois. Assim que o velhinho incentivou a moça a se deitar, correu o boato de que finalmente estavam checando as passagens de quem seguia para o norte, e a sala de espera de repente ficou movimentada. A agitação foi tão grande que, quando as coisas acalmaram, pessoas que nunca tinham se visto descobriam estar praticamente no colo uma da outra. Mas, apesar de a moça ter sumido, o tormento pelo qual ela passava continuou a assombrar a sra. Oh, reforçando sua determinação de que algo deveria ser feito.

Quando ficou sabendo da gravidez da filha, uma das primeiras coisas que fez foi mandar uma carta para seu irmão mais novo, que morava longe, nas montanhas, perguntando se ele conseguiria uma bexiga de javali selvagem. Todo mundo sabe que a bexiga do javali é repleta de nutrientes e que é a melhor coisa para ajudar uma mulher a se recuperar do parto.

A casa do irmão ficava a apenas quatro estações de trem daquela em que eles estavam agora, no sentido de onde tinham vindo. Sem dúvida, ela conseguiria percorrer aquele trecho a pé... E, com uma boca a menos para alimentar, os quatro cupons de ração durariam muito mais! Não era a primeira vez que uma ideia como essas passava pela cabeça da sra. Oh. Pouco antes, quando o marido entregou a ela o último cupom, ela insinuou a ideia, que foi prontamente rechaçada. Mas agora, entendendo que o destino da mulher era claramente um sinal, suas intenções ficaram mais firmes. Não havia lugar para hesitações.

"Avô de Yeongsun! A gente não tem escolha; vou ter que ir em frente com meu plano."

"Ah, você vai insistir nisso?" O marido estava sentado de um jeito estranho, debruçado sobre a neta que dormia, tentando protegê-la dos esbarrões da multidão. Agora, endireitou as costas e olhou a mulher nos olhos.

"Preciso fazer isso. Você já se esqueceu da moça?"

"Pfff! Esquecer, até parece!"

"Se uma mulher sofre um acidente no parto, pode sofrer com as consequências a vida toda. A vida toda!"

"..."

"Eu pensei bem, e é o melhor jeito. A gente mata dois coelhos com uma cajadada. Por favor, diga sim."

"Ah, eu também pensei bem nisso, sabe. Como você pode achar que vai andar tanto em segurança? Sozinha, e nessa idade?"

"Bom, não se preocupe com isso."

Depois de um tempo, a sra. Oh estava pronta para partir. Mas na hora de ir embora, sair de perto do marido e da neta deu a ela a desconfortável impressão de que estava deixando os dois sozinhos para atravessar um caminho cheio de espinhos. Seus pés pareciam chumbo quando ela deu o primeiro passo. Lentamente, virando o tempo todo para trás, a sra. Oh começou a se afastar da sala de espera da estação, que ficaria gravada a fogo em sua memória.

Quando a criança em seu colo retomou seu choro baixinho, a sra. Oh foi chamada de volta ao presente.

Embora o choro de Yeongsun agora fosse mais suave, a sensação da crueldade do destino, que havia crescido dentro dela, aparentemente se recusava a ir embora. Com a mão trêmula, a sra. Oh fez carinho nos cabelos macios e suaves que emolduravam o rosto da menina. Nem o marido passou incólume pelo caos da estação; isso mostrava como a coisa fora séria. Mas ela não poderia ter feito nada mesmo se tivesse ficado com eles.

Mesmo assim, ela não conseguia deixar de se culpar. Podia cair de joelhos diante da neta e implorar seu perdão, mas nem isso a livraria da culpa, do sentimento de que ela, que se chamava de avó de Yeongsun, levou a criança a esse estado lastimável ao fugir no momento de maior necessidade da menina. Claro, o machucado dela não era nada em comparação com o que seu marido sofreu, com a bacia deslocada. Mas a menina era só um botão de flor, ainda na primavera da vida! E o que mais causava pena não era nem o machucado na perna, que precisou ser revestida com uma bandagem rígida; eram o medo e a agitação que o sofrimento causou.

"E que tal mais uma das histórias antigas da vovó, Yeongsun?" Para a sra. Oh, era impossível não tentar consolar a neta, compensar a dor que pensava ter causado, ainda que não pudesse fazer muita coisa. A menina só acenou com a cabeça.

"Está bem, então, deixa eu ver. Era uma vez, numa praia..."

"Lá vivia um velho pescador bondoso, não é? Você já me contou essa. Lá em casa."

"Ah, é verdade! Nesse caso... Já sei. Era uma vez um mercador que vendia panelas..."

"Que corria pela rua com as panelas nas costas... Hahaha..." Parecia que Yeongsun tinha esquecido a dor, pelo menos por um instante. "Você também me contou a história do vendedor de panelas. No mesmo dia."

A sra. Oh ficou sem palavras. De repente, teve a sensação de que seu coração perambulava por um campo distante, deixando para trás a boca que murmurava, tentando, sem conseguir, pensar em outra história.

"Haha... Ver nossa Yeongsun rindo com a vovó aliviou a dor desse velhinho." O marido estava deitado sem se mexer, os olhos voltados para o teto. Seu afeto ficava claro pelo tom de voz incomum de ternura; para a sra. Oh, era evidentemente uma tentativa de fazer com que ela percebesse que a neta não guardava nenhum rancor.

"Rápido, vó."

"Sim, sim, estou quase lembrando." Mas apesar de a sra. Oh ter encontrado sua voz, não parecia capaz de contar outra história, de tão tocada que estava pela profundidade do afeto do marido.

"Parece que você já esgotou todas as histórias da vovó, Yeongsun! Que tal se eu contar uma?"

"Tá bom." A resposta alegre e indiferente de Yeongsun mostrou como ela não tinha a menor noção do esforço que o avô estava tendo de fazer.

"*Cocoricó*, você sabe a história do galo, Yeongsun?"

Foi isso que acabou levando a sra. Oh finalmente às lágrimas: o marido imitando o canto de um galo, numa tentativa de ajudar a neta a recuperar a inocência da infância, em que ela conseguia notar um tom de tristeza. Quanto maiores os esforços dele, destinados mais a aliviar a consciência pesada da mulher do que a alegrar a neta, menos a sra. Oh conseguia esconder suas emoções. Ele estava fazendo tudo aquilo por ela!

Ele era professor no mesmo colégio que a mulher, e era conhecido por ser duro e rigoroso, mas os alunos e as pessoas que o conheciam melhor recebiam dele muito afeto, retribuindo com amor e respeito.

Cuco, cuco.

A meia-noite tinha passado, e o cuco ainda não sabia como parar... Aquele som costurou a quietude da noite, pontuando a fábula de Esopo que o sr. Oh contava com a voz cheia de dor...

Mesmo que eu não tivesse ido embora da estação naquele dia, talvez esse tipo de calamidade...

Contra sua vontade, os pensamentos da sra. Oh se voltaram outra vez para o incidente ocorrido há alguns dias, que ela não conseguia tirar da cabeça.

* * *

Só depois de sair da estação e de chegar à rodovia recém-construída, a sra. Oh percebeu que a estrada também estava incluída no evento Classe Um. A estrada parecia brincar de esconde-esconde com a ferrovia, uma se abraçando ao litoral enquanto a outra se ocultava por vezes indo mais para o interior. E a estrada estava completamente deserta; nenhum veículo ousava fazer sombra ali, muito menos pessoas a pé. Todo o tráfego tinha se deparado com um bloqueio mais à frente; a sra. Oh só conseguiu se infiltrar ali por ter vindo pela estrada de ferro. O que diabos era esse evento Classe Um, para fecharem o tráfego tanto da rodovia quanto da ferrovia? Será que havia dois Kim Il-sung visitando o lugar? De uma coisa não havia dúvida: Haveria "gatos" parados em cada ponto estratégico do caminho.

E de fato, a sra. Oh foi parada e interrogada quatro vezes antes de percorrer quinze *ri*. Consciente de que a idade era seu único escudo, a cada vez ela tentava fazer pleno uso de seus anos. Como poderia ser diferente? Como ela poderia ser franca e sincera quando não havia como saber o que aconteceria se ela baixasse a guarda? Usando ardis que ela nem sabia possuir, a sra. Oh chegou a fingir um pouco de surdez, repetindo "Como? Como?" quando na realidade ouvia perfeitamente bem. Ela era apenas uma senhora idosa indo até aquela aldeia, sim, logo ali, ora, ela já estava praticamente lá. Documento de identidade? De que documento eles estavam falando?

Ela resmungava longamente como se isso não fosse mais do que um terrível inconveniente. Umas poucas vezes olharam para ela como se fosse uma criminosa, e, em outras, apesar de mostrarem gentileza na fala e nas ações, seus olhos felinos esquadrinhavam a velhinha de alto a baixo, fazendo seu coração gelar. Todas as vezes, no entanto, provavelmente julgando que a sra. Oh não seria um gênio do crime pretendendo plantar uma bomba, nem uma atiradora de elite planejando se esconder na floresta, acabavam mandando que ela fosse em frente, acrescentando uma imensidão de alertas antes de ela sequer ter tempo de obedecer:

"Mas vá pelo acostamento da rodovia, não pela pista, e, assim que ouvir um veículo, não importa o quanto pareça distante, saia do campo de visão. Entendeu?"

"Sim, sim."

Tendo passado por essas quatro rodadas de interrogatório, a sra. Oh estava tomando seu caminho ao longo da estrada de pedra que ficava entre a rodovia e o mar e lidando com rajadas intermitentes de chuva, quando atrás dela soou a buzina de um carro. Olhando para trás, viu um comboio de carros negros andando pela nova rodovia; a densa fileira de pinheiros que separava a rodovia do mar deve ter impedido que ela ouvisse os veículos se aproximando.

A sra. Oh ficou completamente aterrorizada e correu para sair da estrada. Até aquele momento, ela tinha tomado cuidado para não andar pela rodovia, seguindo as ordens dos "gatos", se deslocando com dificuldade na pista lateral, onde seus pés ficavam presos o tempo todo em trechos de mato e escorregavam na terra lisa dos arrozais. Então ela chegou a um ponto onde não havia caminho por onde ela pudesse andar fora da rodovia, nem do lado da estrada nem do lado da orla, e, por isso, a única opção que restou foi voltar à rodovia.

Por que esses veículos extraordinários precisavam ultrapassá-la justamente aqui? O coração da sra. Oh começou a martelar, antecipando uma crise iminente. Dois dos carros já haviam passado por ela quando um assobio soou estridente em seus ouvidos. Ela virou a cabeça automaticamente, e seu campo de visão foi logo tomado por uma longa fila de carros que ia até onde a vista alcançava. Ela afastou o olhar, como se estivesse vendo algo que não devia, saltou a vala à beira da estrada, e fugiu para a floresta de pinheiros. Mas o som de uma porta de carro se abrindo, e a voz que veio em seguida foram tão eficientes para interromper sua fuga como seria uma mão segurando seu tornozelo.

"Vovó, o Grande Líder, Pai de Todos Nós, quer falar com a senhora."

A sra. Oh se virou. Sua cabeça estava pesada e lenta, como se ela tivesse levado uma pancada na nuca, e tudo diante de seus olhos ficou escuro.

"Não, não...", ela murmurou repetidamente, mal sabendo o que fazia, apalpando o ar à sua frente como se tentasse afastar algo. A visão aos poucos clareou, e a pessoa diante dela começou a entrar em foco. O sujeito, de roupas e aparência geral imaculadas como uma haste de aço, pôs os dedos suavemente em torno do pulso da sra. Oh, com uma expressão de quem estava se divertindo.

"Venha comigo."

Guiada por esse homem, a sra. Oh foi levada, cambaleando, até o carro estacionado. Ela mal conseguia controlar as pernas, que ameaçavam entrar em colapso e derrubá-la no chão. Os homens em torno do carro estavam arrumados e elegantes como o primeiro e, como ele, estavam calmos e seguros de si.

Entre eles, porém, um se destacava, uma figura respeitosa protegida pela porta do carro aberta. Um homem cujas roupas de um dourado pálido pareciam derramar uma suave camada de névoa, que o envolvia dos pés ao chapéu fedora; um homem que olhava na direção da sra. Oh detrás de lentes marrom-escuro brilhantes; um homem que sem dúvida era "o Grande Líder, Pai de Todos Nós, Kim Il-sung", um rosto que a sra. Oh conhecia desde sempre, embora apenas como uma imagem que olhava para ela a partir de retratos ou da televisão. Sua pança abaulada fazia os braços ficarem dobrados como a letra cirílica Ф, enquanto o rosto que surgia acima, talvez por desfrutar da refrescante brisa marinha em meio aos pinheiros, talvez por estar se divertindo com a vista da diminuta sra. Oh cambaleando e presa pelo pulso como se pudesse fugir, estava radiante.

Sentindo como se seu corpo tivesse de repente sido reduzido ao tamanho de uma tâmara-da-china seca, a sra. Oh se ajoelhou a uns cinco passos de Kim Il-sung. Ao fazer isso, as palavras saíram de sua boca com a suavidade de uma mola que se solta.

"Respeitosamente, oro pela longa vida de nosso Grande Líder, Pai de Todos Nós."

Não importa quem você é, se mora nesta terra, sob estes céus, terá decorado essas palavras várias vezes desde que aprendeu a falar; por isso elas fluíram da boca da sra. Oh sem qualquer dificuldade.

"Ah, obrigado." Essa voz alegre veio de algum ponto acima da cabeça da sra. Oh. "Ajudante, coloque-a de pé. De pé!"

O homem segurou os braços da sra. Oh e a ergueu. Vários outros homens saíram de seus carros estacionados e se reuniram ali.

"Aonde você está indo assim a pé?" A voz de Kim Il-sung tinha um tom de profunda compaixão.

Gravadores chiaram e flashes de câmeras se acenderam. Equipamentos de filmagem estalaram e zuniram de todo lado. Tudo isso deixou a sra. Oh ainda mais nervosa, mas ela se esforçou para raciocinar bem e responder à pergunta de Kim Il-sung. Em pouco tempo, com a cabeça tateando em busca das palavras certas, ela informou a seu superior sobre sua situação — embora, claro, não tenha se esquecido de esconder que a raiz de seus problemas era o próprio evento de Classe Um.

"Ah, compreendo." Kim Il-sung deu um largo sorriso ao ouvir a resposta da sra. Oh, sua cabeça balançando com o vigor de um pilão que amassa grãos. "Se essa bexiga de javali é tudo que você procura, podemos levá-la em nosso carro direto até a casa de sua filha. Estamos indo naquela direção de qualquer jeito."

“Ah, não, não, eu não poderia, Grande Líder!”

“Não se preocupe com sua filha. Vamos ajudá-la a chegar à maternidade em Pyongyang.”

“Não, eu não poderia, uma coisa dessas, para alguém como eu...”

“Não é problema. Eu também sou filho do povo. Só de pensar no passado, quando nosso povo tinha de ir a todo lugar a pé, já me dói; por que deveriam andar agora, quando temos toda condição para uma viagem agradável? Venha, venha conosco.”

A sra. Oh estava realmente perplexa; viajar no mesmo carro em que estava Kim Il-sung era algo absolutamente assustador, mas recusar seria descortês. Mas então alguém veio socorrê-la — um sujeito de cabelos crespos que estava parado ao lado do carro que vinha logo atrás do carro de Kim Il-sung, com uma pasta debaixo do braço.

“Grande Líder, parece que viajar no mesmo carro que o senhor pode ser demais para essa humilde avó; posso seguir o senhor levando essa senhora no meu carro.”

“Parece uma boa ideia”, disse o barril reluzente, aprovando.

“Mesmo? Bom, talvez isso acalme a senhora. Nesse caso, avó, entre no carro logo atrás do meu.”

Assim que terminou de falar, Kim Il-sung pôs a mão nas costas da sra. Oh e empurrou-a ligeiramente na direção do outro carro, ainda sorrindo para ela o tempo todo. A sra. Oh não sabia dizer como acabou instalada no carro, depois de mais uma série de flashes e cliques em meio à qual o sujeito de cabelos encaracolados serviu como guia. O cenário fora da janela do carro, cujo vidro parecia preto do exterior, era mais brilhante e mais animado do que a sra. Oh poderia ter imaginado, como o mundo visto por alguém debaixo d'água. Era como se todo o seu corpo fosse se afundar no assento macio, complacente.

Um ligeiro odor de luxo pairava no interior do carro. A música de fundo era tão discreta quanto esse perfume, mal estava presente, e não havia qualquer indicação de onde ela saía. A sra. Oh não sabia sequer dizer quando eles começaram a andar. O carro se movia tão suavemente que parecia deslizar pelo chão. Era como um sonho. Ter sido colhida do caminho de espinhos que tinha sido sua vida até aquele momento, e colocada em meio a um esplendor tão inusitado! E ela não era a única — agora eles estavam contando para ela que sua filha poderia dar à luz na maternidade de Pyongyang. Como uma coisa dessas seria possível, senão num sonho?

"Como a senhora se sente, vovó?", disse o sujeito de cabelos encaracolados, sorrindo e se virando para trás do banco do passageiro para vê-la.

"Bom, sabe, eu ia ficar bem a pé... Eu realmente não queria tirar ninguém do caminho."

"Não se preocupe, só fique sentada confortavelmente e aproveite a viagem, como disse o Grande Líder. Nosso comboio vai acompanhar o trem até não podermos mais ver a costa. Mas o Grande Líder disse que este carro deve levá-la até a porta da casa de sua filha."

"Não, imagine... não por mim."

"Vovó! Não é mais alto que os céus e mais profundo do que os mares, o amor do Grande Líder?"

"Sim, é claro", a sra. Oh respondeu, curvando-se várias vezes. Ela precisou se esforçar para lembrar com o que tinha acabado de concordar. O carro corria pela estrada. Pinheiros e postes de telégrafo passavam pelas janelas em colunas gêmeas, como guardas ladeando uma procissão.

Eles estavam na estrada havia uns vinte minutos quando aconteceu. Um apito de vapor soou, e uma gloriosa procissão ferroviária apareceu à esquerda do carro. A sra. Oh jamais tinha visto um trem como aquele, com cortinas brancas nas janelas e com as portas brilhando de modo tão deslumbrante quanto o longo teto. Ela lembrou que o homem de cabelos encaracolados havia dito que o trem seria usado quando a rota se afastasse do litoral. Era um trem especial para o qual Kim Il-sung, que ia no primeiro carro do comboio, seria agora transferido. Só agora a sra. Oh conseguiu compreender que tipo de evento Classe Um podia fechar tanto a rodovia quanto a ferrovia. Kim Il-sung percorria uma rota em que as duas opções eram possíveis, e, sendo assim, eles pegavam o trem quando era mais conveniente, e depois, passavam para o carro, quando havia a oportunidade de desfrutar da paisagem litorânea...

"Ah! Viajar de trem é sempre melhor, sob todos os aspectos", o sujeito de cabelos encaracolados murmurou para si mesmo, feliz por ver esse meio de transporte. A sra. Oh estava igualmente feliz com a vista, já que aquilo significava que os trens normais iriam agora poder passar pela linha ferroviária. Mas essa felicidade não durou muito. Assim que a longa cauda do trem especial desapareceu de seu campo de visão, deixando enormes reverberações em seu rastro, uma visão pavorosa surgiu diante dos olhos da sra. Oh — o tumulto da sala de espera daquela estação, onde o som da primeira inspeção de passagens parecia uma bomba explodindo!

Desgastados pela chuva e pela espera e pela fome, as pessoas, agora quase enlouquecidas, saem pela porta e pelas janelas numa grande maré. A estreita passagem entre as cabines de inspeção de passagens se transforma num mar de gente. Gritos vêm de todos os lados; as pessoas se empurram e se acotovelam, já nem se importando com suas passagens, simplesmente lutando para se desembaraçar uns dos membros agitados dos outros, as paredes rangendo ao redor, enquanto eles se esforçam para avançar...

A sra. Oh vê a cabeça branca do marido, mas ela logo desaparece em meio à confusão. Ela o avista de novo — leva Yeongsun nas costas. Ele balança um braço. Por fim, ela o vê sofrer o mesmo destino de uma colher de arroz que cai na panela fervente de mingau! Gritos e berros...

"Yeongsun!", a sra. Oh grita. Assustada, ela desperta da sua visão. Vendo que ninguém no carro presta atenção nela, imagina que nenhuma palavra de fato passou por seus lábios. O ruído silencioso do carro deslizando pela estrada faz surgir um doce langor em quem está lá dentro.

As memórias da sra. Oh foram bruscamente interrompidas pelo marido, que chamava seu nome. "A menina dormiu?", o velhinho perguntou, sem conseguir sentar para ver por conta própria. A sra. Oh olhou a menina no seu colo.

"Sim, dormiu."

"Ah, então eu estava contando a história para mim mesmo!"

"Muito obrigada, em todo caso. Agora você também devia descansar."

"Acha que eu consigo dormir nesse estado?"

"E pensar que enquanto você e a menina enfrentavam aquele inferno, essa velha estúpida estava sentada em um carro confortável..."

"Não tem porque ficar voltando nisso. Você ia preferir que nós três tivéssemos sofrido? Não faz sentido ficar nessa história de 'e se eu tivesse...'"

"*Aigo*, quando vocês dois vão estar bem de novo?"

"Espere!" O homem ficou quieto, tentando ouvir. "É a sua voz?"

Sabendo muito bem qual era a causa da surpresa, a sra. Oh ficou onde estava. Sim, era a voz dela — soando no alto-falante nos limites da cidadezinha.

E assim acabei sendo levada a um carro estacionado na nova rodovia. E perto do carro estava o próprio Grande Líder, Pai de Todos Nós...

Foram essas as palavras que a sra. Oh obedientemente falou quatro dias atrás. Ao descer do carro naquele dia, ela estava desesperada para saber do marido e da neta, mas em vez disso foi saudada por um enxame de jornalistas. Eles foram tão persistentes em segurar seus microfones levantados que ela não teve opção senão abrir a boca. O resultado vinha sendo transmitido tanto no rádio quanto na televisão nos últimos dois dias, mas essa foi a primeira vez que o marido conseguiu ouvir, já que ele tinha chegado em casa apenas na noite anterior, depois de passar períodos primeiro na ferrovia e depois em hospitais militares. Ele ouviu a sra. Oh falar daquilo, mas escutar o próprio depoimento era bem diferente; não era de espantar que ele estivesse surpreso.

Ele se esforçava para ouvir, com medo de perder uma única sílaba. O rosto da sra. Oh ficou lívido como se ela tivesse sido pega fazendo algo errado. Ela queria que um buraco se abrisse no chão para poder se esconder imediatamente lá dentro; uma toca de camundongo já serviria! Sua voz saindo pelo alto-falante era como uma lâmina roçando as feridas do marido e de Yeongsun. Como ela poderia ter outra impressão, se estava se gabando de sua boa sorte enquanto duas pessoas que amava passaram aquelas mesmíssimas horas em uma situação infernal, um pandemônio, que podia muito bem ter sido seu fim?

A sra. Oh queria que a transmissão se apressasse e acabasse logo. Quantos dias já tinham se passado... e o alto-falante seguia tagarelando, a ponto de, a essa altura, todo mundo certamente já estar com a mensagem grudada no ouvido.

O Grande Líder me levou no carro por todo o trajeto — ele não saiu de lá enquanto eu não concordei.

Finalmente, a gravação acabou. Agora era a vez de o febril locutor tornar as coisas ainda piores.

"Estão escutando, ouvintes? Essas palavras de infinita gratidão a nosso Grande Líder, a nosso sistema socialista! Eis o amor que nosso Grande Líder tem por nós, uma rota agradável foi estabelecida agora para que nosso povo possa viajar sem desconfortos sob esses céus e ao lado deste mar, e ouvem-se risos de alegria por todo o caminho, como o dessa senhora idosa, Oh Chun-hwa."

Corre, corre, trem, corre
O apito faz soar uma nota de amor...

"Aahhh!" O gemido agudo do marido ofuscou a transmissão, ecoando no quarto.

Cuco, cuco...

O cuco tinha ficado em silêncio por um tempo, mas agora seu canto voltou. A sra. Oh imaginou que o som vinha do peito do marido, um coágulo de sangue sendo expelido, e que era toda a angústia que ele não conseguia expressar em palavras. Como uma agonia dessas deixaria de cortar fundo, a dor de ver os ossos de seu quadril e os da perna da neta serem quebrados. Sem falar que a dor era agravada pelo locutor despreocupadamente se gabando da "rota agradável"!

Ontem, quando o marido e Yeongsun foram transportados do hospital para casa, ele contou à sra. Oh em detalhes tudo o que eles sofreram na estação. Com base nesse relato, a visão que apareceu em sua imaginação enquanto ela estava no carro não foi uma ilusão, mas quase um espelho exato da realidade. Só o que não batia era que as paredes das bilheterias não tinham sido derrubadas — embora quatro portões tenham de fato caído — e que os dois não foram soterrados pela maré humana, com Yeongsun nas costas do avô, e sim agarrada a seu peito. O que teria acontecido com a moça grávida numa confusão generalizada como aquela, já estando com dores na barriga? E aqueles três certamente não foram as únicas vítimas, os únicos a ter membros quebrados, quadris deslocados, a acabar abortando...

Mas os gritos de dor que, somados, bastariam para transbordar até o inferno, desapareceram todos abafados pelos "risos de alegria" — aparentemente amplificados pela própria sra. Oh! Risos de alguém que teve as unhas das duas mãos arrancadas! Será que algo assim era possível neste mundo? Como era possível que os gritos e o choro de tamanha multidão se transformassem em "risos de alegria" sem que uma cruel feitiçaria estivesse em operação?

A sra. Oh tremeu. De repente, a imagem de um demônio conduzindo essa magia sombria apareceu diante de seus olhos. Um demônio antigo, imensamente corpulento, que agia com liberdade extrema. Tendo habilmente dado conta da magia que criou os "risos de alegria", ele agora gingava para lá e para cá ocupado com a preparação de outro feitiço semelhante. Só que desta vez o alvo não seria a sra. Oh, mas a sua filha, que dera à luz numa maternidade.

A sra. Oh tremeu novamente. Até ali, graças ao feitiço daquele demônio, as pessoas daquele país tinham vidas que eram todas voltadas para seu interior, absolutamente diferentes da realidade.

A voz aguda de Yeongsun, que fazia ruídos como se estivesse afastando algo, trouxe a sra. Oh de volta ao mundo. Mas a criança no seu colo estava apenas murmurando enquanto dormia, sua respiração num uniforme ir e vir. A sra. Oh achou que ela estava sonhando, talvez revivendo o momento em que a perna foi fraturada.

"Ela está falando enquanto dorme?" O marido parecia também ter ficado entretido com seus pensamentos, sendo arrancado deles pela voz da menina.

"Sim, é só isso. Ela acalmou agora... Tente dormir também." A sra. Oh queria poder consolar o marido, poder dar algum alívio para seus pensamentos dolorosos, cortantes. "Por que continuar se atormentando, se agora já é tudo passado..."

"O quê? Eu não estava pensando nisso", o marido disse. "Não estou preocupado com nenhuma gravação antiga... Só estava pensando em qual história contar para a menina quando ela acordar."

Eis o tipo de homem que ele era. Mais preocupado com a aflição da esposa do que com a sua própria, ele se recusava a admitir que era atormentado por pensamentos dolorosos, tentando, ao contrário, velar seu sofrimento com algo que pudesse consolá-la. E a sra. Oh não pretendia retirar esse véu. Não fosse por mais nada, ele poderia ajudar os dois a passar mais tranquilamente por aquela noite torturante.

"Você tem razão — quando acordar ela vai implorar para ouvir outra história. Nunca vi uma criança ficar tão encantada enquanto ouve uma coisa!", a sra. Oh disse.

"Sorte existir algo que alivia as coisas para ela."

"Em todo caso, não se preocupe. Tenho uma história antiga na manga."

"Haha... Pushkin de novo?"

"Não. Desta vez é a história do Pandemônio."

"Pandemônio? O palácio dos demônios?", o marido perguntou.

"Sim. Quer que eu conte primeiro para você?"

"Ha... Eu não sou a Yeongsun."

"A Yeongsun não é a única que precisa aliviar a dor." A sra. Oh não tinha como falar isso sem sentir um nó na garganta.

"Vou fingir que sou a Yeongsun então." A resposta do marido também não veio sem traços dessa emoção evidente. Mal conseguindo controlar a voz trêmula, a sra. Oh começou a história que esteve planejando.

"Era uma vez um jardim, cercado de todos os lados por uma grande cerca, muito alta. Nesse jardim, um velho demônio governava milhares de escravos. O surpreendente era que o único som que se ouvia dentro desses muros altos era o som de risadas alegres. Hahaha e hohoho, o ano todo — por causa da mágica que o velho demônio lançava em seus escravos.

"Por que ele lançava essa mágica? Para esconder os sofrimentos que impunha àquelas pessoas, claro, e também para criar um engodo, dizendo, 'Veja como são felizes as pessoas no nosso jardim'. E também foi por isso que ele ergueu os muros, para que as pessoas de outros jardins não pudessem ver o que estava acontecendo, nem entrar ali. Bem, então pense nisso. Em que lugar do mundo você encontra um jardim como esse, um covil de magia negra, onde os gritos de dor e tristeza que saíam da boca de seus habitantes eram deturpados e transformados em riso?"

A sra. Oh começou a sentir outro aperto na garganta, embora nem ela tenha se dado conta. Quando começou a contar a história, o cálculo que tinha feito, de que aquilo podia oferecer pelo menos um instante de trégua, estava errado. A noite estava cada vez mais profunda; no entanto, outro acesso de "risos de alegria" transbordava do alto-falante, tornando ainda mais óbvia a trama da velha história, que, na verdade, de velha não tinha nada.

30 de dezembro de 1995

NO PALCO

A TRISTE CANÇÃO FÚNEBRE SAI DOS ALTO-FALANTES num fluxo contínuo, viajando lentamente pelas ruas do centro, onde a chuva ainda cai. Sua cadência pesada chega até mesmo à sala de reuniões do departamento municipal de segurança, tornando ainda mais sombria a atmosfera deprimida.

Para os que estão reunidos na sala, as vozes dos locutores parecem excepcionalmente profundas e claras, e eles imaginam lágrimas escorrendo pelo telhado. O som da chuva, o som do vento... Olhando para fora da janela, o vidro embaçado por um denso fluxo de água da chuva, eles veem as gavinhas rastejantes de um nodoso salgueiro chicotearem o ar como um ninho de cobras. Quando o vento faz uma pausa para recuperar o fôlego, sua ausência amplifica o som da chuva, que escorre do telhado num *chuá* choroso.

Todas essas coisas somadas pareciam uma expressão adequada do espírito da nossa nação, colocando a palavra "luto" em completo destaque. Aqueles de nós que estavam sentados ali na reunião pareciam estar presos de alguma forma à cena de uma peça, fora de sintonia com o mundo real.

A atmosfera da reunião tinha ficado cada vez mais angustiante, o que nos levou a ficar em silêncio por um tempo. Agora, quando o diretor da agência de serviços secretos, a Bowibu, sacudiu a cabeça e retomou o discurso, sua voz soou estridente e um pouco metálica, em contraste com o tom calculado e choroso do locutor.

"Depois de tirar as flores de todos os canteiros da cidade, de nos arriscarmos em meio a cobras venenosas e deslizamentos de terra para trazer ainda mais homenagens dos campos e das montanhas, será que podemos dizer que nosso Grande Líder foi pranteado à altura, sentar tranquilos e descansar seguros de nossa lealdade? De jeito nenhum! Não no momento em que o comportamento que dedicamos nossas vidas a eliminar mostrou sua face horrenda no seio de nossa família Bowibu. Nesses dias trágicos, em que não conseguiríamos demonstrar o tamanho de nossa tristeza nem se nos afogássemos nas próprias lágrimas, há quem escape para beber e flertar sob o pretexto de buscar flores silvestres!"

O Diretor, ainda com o lenço empapado de lágrimas nas mãos, bateu com o punho no atril com tanta força que parecia querer estilhaçá-lo. A madeira tremeu em protesto, e houve um momento perigoso em que o copo de água sobre o púlpito balançou e pareceu que ia cair.

"Esse ponto já foi enfatizado, mas vocês devem lembrar que enquanto os funerais de nosso Grande Líder ainda estão em andamento, nossos agentes precisam estar sempre vigilantes, de olhos e ouvidos abertos o tempo todo, punhos cerrados e de prontidão. E vocês devem inculcar essa necessidade neles. Só assim vamos evitar cairmos em outro truque. Nunca vai ser demais insistir nisso. Bom, por hoje é só."

O Diretor destacou suas palavras fechando a agenda com força, depois deu uma batida mais leve no púlpito. "Camarada Inspetor da União de Empreendimentos, venha falar comigo antes de ir embora." Isso foi dito num tom de voz relativamente baixo, mas, mesmo assim, alto o suficiente para chegar aos ouvidos de todos na sala.

Um sujeito mirrado sentado perto da janela se virou para o vizinho de óculos. "Ouvi direito?", ele murmurou. "A União de Empreendimentos?" Seu nome era Hong Yeong-pyo, e seu título, exatamente aquele que o Diretor havia chamado. Seu vizinho acenou com a cabeça, confirmando, e Yeong-pyo de repente sentiu dezenas de olhos voltados para si, como se tivesse sido pego pela luz de uma bateria de holofotes.

Então era de você que o Diretor estava falando agorinha, quando disse "dentro de nossa família Bowibu"! A mensagem daqueles olhos penetrantes era clara. Enquanto Yeong-pyo avançava, as palavras "beber e flertar" ecoavam em seus ouvidos, e o rosto de seu filho Kyong-hun apareceu em seus pensamentos, causando inquietação.

Assim que Yeong-pyo parou diante dele, o Diretor agitou um pedaço de papel diante de seu rosto. "Isto veio diretamente de um dos nossos agentes", ele disse irritado, a voz violenta como um tapa. "'*Durante o período de luto por nosso Grande Líder, o camarada Kim Il-sung, o empregado da União de Empreendimentos Hong Kyeong-hun saiu para colher flores no sopé do monte Baekryeon, onde foi visto de mãos dadas com a operária Kim Suk-i—*'"

"Kim Suk-i?", Yeong-pyo interrompeu, sem conseguir se conter.

"Não é só isso! De mãos dadas, e também ingerindo bebida alcoólica. Tenho as provas bem aqui." Ele moveu o queixo na direção de uma pequena garrafa de plástico sobre a mesa que estava ao lado de Yeong-pyo. "Ainda fedia quando o agente trouxe para mim. Vamos, cheire você mesmo."

Mas para Yeong-pyo, o problema não era o álcool. Kim Suk-i? Qual Kim Suk-i? Certamente não a moça mais velha que todos chamavam de "Suk-i Grande". Então seria a Kim Suk-i Pequena? Que pelo menos o Diretor fique sem saber disso!

Por sorte, o Diretor interpretou de outro modo o olhar de horror no rosto de Yeong-pyo, imaginando que o subordinado estivesse chocado pela ideia de ter questionado seu superior. "Exato", ele disse, num tom de voz mais suave, "as provas apresentadas no relatório são perfeitamente suficientes. Então o que acha, camarada Hong: é possível classificar isso como incidente comum, ou se trata de uma questão política?"

"Claro que é política. Um comportamento desse tipo seria desonroso em qualquer outro momento, mas agora! Agora, quando a inestimável perda de nosso Grande Líder..." Como se tivessem entendido a deixa, lágrimas rolaram pelo rosto de Yeong-pyo, pálido e afundado por causa de um persistente problema no fígado. O próprio Yeong-pyo achava difícil entender. Como era possível que o pequeno copo de tristeza que havia dentro dele produzisse um jarro de lágrimas? Mas vertê-las agora, diante do Diretor, fez com que elas realmente valessem seu peso em ouro...

"Já basta, já basta." A voz do Diretor também pareceu um pouco embargada, embora ele tenha se recuperado rápido. "Sabe, camarada Hong, a recomendação era de agir com rigor neste caso. Mas seus sentimentos sobre o assunto certamente não devem ser criticados. Você não precisa me explicar a gravidade do incidente e, em todo caso, tratamos disso tudo na reunião."

O Diretor suavizou ainda mais seu tom, mostrando compaixão por este homem que evidentemente estava devastado pela doença, e que, no fim das contas, era um deles. "Não vai haver sanções oficiais. Fiz pessoalmente o relatório, na parte que dizia respeito a nossa família Bowibu. Vá, e leve essa garrafa com você. Use isso para fazer seu filho criar juízo."

"Obrigado. Obrigado." Curvando o corpo duas vezes, Yeong-pyo saiu do gabinete do Diretor.

A chuva e o vento ainda estavam tão fortes quanto no começo das monções. Um grupo de pessoas estava do lado de fora da porta, amontoadas sob o toldo, na esperança de uma pausa, por menor que fosse. Yeong-pyo abriu caminho, saindo para a rua, murmurando para si mesmo que algumas pessoas tinham muita sorte.

Cada passo esparramava água lamacenta, ao mesmo tempo em que finos filetes de chuva escorriam por seu queixo. As axilas passaram a formigar de calor, sinal de que suas preocupações haviam afetado o fígado, que começou a endurecer à medida em que perdia a batalha para a doença. Mas Yeong-pyo raramente se dava ao luxo de dar atenção à dor. Seu filho tinha uma "doença incurável", e o remédio para o problema dele era mais urgente. Enquanto andava, Yeong-pyo, sem perceber, agarrava cada vez com mais força a garrafa escondida no bolso da calça, apertando tanto que o plástico se deformou. Pela segunda vez no dia, uma voz do passado ecoou em seus ouvidos.

Para fazer seu filho criar juízo...

Mas a voz não era do diretor da Bowibu; era a voz do diretor de segurança militar, que tinha proferido as mesmas palavras — *Para fazer seu filho criar juízo* — quase um ano antes quando Kyeong-hun foi desmobilizado.

Na verdade, seu filho devia ser mandado para um campo de prisioneiros políticos, mas eu inventei uma "Desmobilização por Falta do Tipo 1" em vez disso. Somos colegas, e queria te dar uma chance de fazer seu filho criar juízo. Coloquei o depoimento dele por escrito junto com esta carta; depois de ler, você vai entender que eu não tinha como ser mais leniente, dadas as circunstâncias. Esse rapaz é mais esperto do que dá a entender.

Yeong-pyo correu os olhos pela carta, depois abriu o depoimento do filho com as mãos trêmulas.

Fui acusado de um crime odioso contra o Partido e nosso Grande Líder, o General Kim Il-sung. Meu camarada do departamento de segurança afirma que as transmissões de rádio dos joguetes anticomunistas sul-coreanas apodreceram meu cérebro com a papagaiagem sobre "liberdade". Reconheço que isso é verdade. Foi quando trabalhei como sentinela da fronteira no paralelo 38, para onde fui enviado nos preparativos do festival de artes militares, que fiquei exposto a essa constante artilharia de propaganda de "liberdade". Essas transmissões me perseguiam durante o dia todo; não havia lugar onde eu pudesse escapar delas, e também não se podia tapar os ouvidos com as mãos. O crime de que sou acusado foi cometido na noite de sábado. Fizemos um ensaio geral na presença do diretor do departamento político, e depois ouvimos críticas ao nosso desempenho.

"O ensaio de hoje foi extremamente medíocre. Orgulho-me de ser um homem de cultura, e já fui a peças e recitais suficientes para saber o que é a 'verdade do palco'. Vocês podem não estar familiarizados com a expressão, mas pelo menos deveriam entender o conceito, de que atores representam como se estivessem na vida real. Mentir, em outras palavras, mas de modo convincente, para que a plateia acredite ser verdade. Mas essa apresentação estranha e empolada que acabei de ver tinha algo de convincente? Não, camaradas, não tinha. Só se pode chegar à verdade do palco tendo total controle mental e físico. A única coisa que vocês aprenderam no treinamento foi tocar umas musiquinhas num apito de metal?"

Foi essa a avaliação do camarada diretor sobre nossa apresentação. Como punição, recebemos ordens de fazer exercícios, e embora muitos tenham resmungado, pois os exercícios são extenuantes, e estivéssemos com fome, levamos a ordem a sério. Às dez horas o camarada diretor voltou, aparentemente para checar se estávamos fazendo os exercícios da maneira certa. Por acaso, quem estava no palco era meu grupo de contação de histórias, enquanto os outros esperavam a vez sentados na plateia. O diretor observou por um ou dois minutos, depois nos mandou fazer um intervalo. Nosso empenho nos exercícios deve ter diminuído sua fúria pela atuação ruim.

"O que estão achando dos exercícios?", ele perguntou. "Difíceis, não?"

"Que nada!", a trupe gritou em uníssono. Os únicos que continuaram de cara fechada e quietos fomos eu e o camarada Oh Hak-nam, cujo pai é um jidowon em uma das províncias.

"Mas vocês devem estar com fome, não?"

"Nem um pouco!", foi a resposta. Como se não bastasse, o camarada Kang Gil-nam achou que devia gritar, "Não somos glutões obcecados por encher a barriga!" e o resto da trupe berrou concordando, batendo os calcanhares. Eu estava realmente surpreso. Esse era o mesmo Kang Gil-nam que, momentos antes, quando tropeçou num exercício, reclamou que não era de admirar estarmos tão fracos, "vivendo à base de comida de galinha". E não só ele; na hora os outros se uniram a ele rapidamente, chegando a brincar que seus umbigos estavam se apaixonando pelas costas, pois os dois estavam loucos para se beijar.

Como eles podiam se contradizer de maneira tão convincente agora? Seria essa a "verdade do palco" que o camarada diretor mencionou? Eu não sabia dizer; ao contrário dele, não sou um conhecedor das artes. E não era ainda mais bizarro o fato de apenas o camarada Hak-nam e eu, com pais em cargos importantes, nos sentirmos incapazes de fazer parte dessa exibição de talento artístico, apresentando, muito pelo contrário, ao camarada diretor expressões mais apropriadas para um cachorro constipado?

Em todo caso, depois de rapidamente nos exortar a prosseguir com os exercícios, dizendo que faríamos bem se nos empenhássemos do mesmo modo em nossos ensaios, o diretor desapareceu dentro do prédio, saindo do nada. Disse que voltaria às 23h para nos pagar, mas passaram as 23h30 e depois a meia-noite e ele não apareceu. A essa altura, estávamos todos exaustos e fracos demais para continuar com os exercícios.

E assim nós todos — contadores de história, cantores e músicos — ficamos amontoados em torno do fogão de tambor, muito pequeno para receber à sua volta nosso grupo de umas quarenta pessoas, e que em todo caso produzia mais fumaça do que calor, já que só tínhamos madeira verde para queimar. Houve quem tentasse fazer o tempo passar mais rápido contando piadas, mas isso acabou sendo só fogo de palha; todos estavam com frio demais para ser engraçados de verdade. Não que isso importasse; como sempre acontece numa situação dessas, onde é preciso conter uma raiva visceral, estávamos prontos para rir de qualquer coisa, bastaria alguém tossir de um jeito um pouco estranho. O riso era quase como uma doença.

Alguém sussurrou para ficarmos em silêncio e todo mundo ficou atento, achando que tinham ouvido os passos do diretor; então um longo peido cortou o silêncio e todo mundo caiu na gargalhada. Embora eu tenha achado graça com os outros, apesar da nossa situação lastimável, ou talvez por causa dela, eu sentia algo fervilhando dentro de mim. No início, não consegui evitar o pensamento de que não teríamos sido abandonados por tanto tempo se não fosse por uma bravata tola. Meus sentimentos por aqueles camaradas que fingiram ser imunes à fome e ao cansaço não eram exatamente benevolentes. Além disso, realmente estava um frio de lascar.

Mas, pior de tudo, era o fato de eu ter sido escolhido para uma sátira chamada "A panela sem fundo", o que significava que eu precisava passar metade da noite fingindo devorar todo tipo de coisa deliciosa quando na verdade meu estômago estava frio e oco como um porão vazio. Para ser sincero, aquilo realmente me irritava. Numa crise de raiva, peguei um cigarro, mas mal tinha posto na boca quando o líder dos exercícios decidiu que estávamos parados havia muito tempo e deu ordem para que "retomássemos, começando pelo número cômico".

Por que justamente aquela porcaria de número cômico? *Pensei, e sem nem perceber o que estava fazendo fiquei de pé. "Esqueça esse número", gritei, subindo ao palco, "Vou improvisar uma coisa que vai deixar você chocado com minha verdade do palco". Era isso que estava se acumulando dentro de mim, fazendo esforço para sair, e simplesmente eu não tinha mais como conter aquilo nem por um momento. "Hmm, deixa eu escolher um título... Já sei! 'Isso dói, hahaha', a ser seguido por outro ato chamado, 'Isso faz cócegas, Buá!'"*

Enquanto os outros riam das minhas palhaçadas, passei para trás das cortinas do palco antes de dar meia-volta e colocar a cabeça para fora, para que eles só vissem meu rosto. Ainda não sei como algo que imaginei ali, na hora, fluiu tão bem. "Senhoras e senhores!", gritei. "Neste exato instante, atrás das cortinas, onde vocês não podem ver, estou sendo cutucado por um monte de agulhas. Mas o diretor me manda rir! Vamos lá, um de vocês faça o diretor."

"Ria!", alguém gritou obediente, e no ato respondi contorcendo o rosto numa máscara de dor grotescamente exagerada, escancarando a boca o máximo que pude antes de fazer uma paródia, usando o melhor das minhas habilidades, do espetáculo de soluços se transformando gradualmente em gargalhada, primeiro gritando "Buá" e depois "Haha". Os outros rolavam de rir. Eles ainda estavam secando as lágrimas quando saí pulando detrás da cortina e anunciei o segundo ato. Mas fui interrompido por Kang Gil-nam, que saltou para ficar a meu lado no palco.

"Eu faço o segundo ato!", anunciou, correndo para trás das cortinas e colocando o rosto para fora, exatamente como eu tinha feito.

"Você, camarada? Muito bem! Certo, então desta vez... Já sei! Senhoras e senhores, permitam que lhes apresente o camarada Kang, ator iniciante, em seu vigésimo terceiro ano de escola de artes cênicas."

"Absurdo, ninguém pode ser estudante por vinte e três anos", gritou uma camarada.

"Ah bom, se vocês não sabem, não posso contar. Este segundo ato, conforme anunciado previamente, é uma peça intitulada 'Isso faz cócegas, buá'. Certo! Dedos macios se aproximam aos poucos do sovaco do camarada Kang... um passo... dois passos..."

"Hahahahahaha! Uh-hu...buááá." Como ator, o camarada Kang estava muito acima de mim. Os outros estavam segurando a barriga e implorando que ele parasse.

Dizem que o riso é o melhor remédio, e os outros realmente pareciam melhor depois do nosso interlúdio cômico. Depois de todos estarem suficientemente recuperados, voltamos para os exercícios, e desta vez ninguém reclamou.

Este relato é uma explicação completa e detalhada de meu crime, um crime pelo qual humildemente peço perdão. As transmissões dos bastardos sul-coreanos devem ter realmente destruído meu cérebro.

Quanto à escolha dos títulos específicos para minhas apresentações improvisadas, algo que o camarada diretor me pediu que esclarecesse, certamente não é uma ideia tão incomum ter de rir de algo para evitar cair no choro, e vice-versa, é? Aqueles foram simplesmente os títulos que surgiram na minha cabeça, vendo como o camarada Kang e os outros se recusavam a admitir que estavam com fome, e pensando que eu mesmo tinha que apresentar "A panela sem fundo" quando meu estômago estava vazio a ponto de poder devorar a si mesmo.

Segundo, quanto a por que descrevi Kang Gil-nam como um aluno do vigésimo terceiro ano de artes cênicas, novamente, foi a primeira coisa em que pensei, já que o camarada Kang tem vinte e três anos. Isso é a verdade, sinceramente. Jamais teria imaginado que essa minha brincadeira tola seria uma questão a ser levada para o departamento de segurança. Mais uma vez, só me resta pedir perdão.

"Seu verme!" A primeira exclamação que Yeong-pyo cuspiu ao ler o depoimento saía mais uma vez de sua boca, lavada com o gosto de água da chuva. Era compreensível que, por ser filho de alguém em um alto cargo na Bowibu, Kyeong-hun tivesse vivido numa bolha na adolescência, mas agora, com essa idade, como podia ainda não ter compreendido o funcionamento do mundo em que vivia?

Um ano atrás, Yeong-pyo tinha se disposto a fazer vistas grossas ao incidente com o número cômico, mas ver o mesmo erro se repetir agora era demais. Tudo que se fazia, tudo que se dizia era observado e documentado, não só no teatro militar ao pé do monte Baekryeon, mas até a mil *ri* debaixo da terra — dava para imaginar que Kyeong-hun não soubesse disso? Será que ele era mesmo tão idiota? Não. Exatamente como o diretor militar escreveu, embora Kyeong-hun claramente tenha escrito o depoimento tentando dar a impressão de ser um jovem ingênuo, crédulo, na verdade "esse rapaz é mais esperto do que dá a entender".

Aquele verme do meu filho está com a cabeça virada, e foram aquelas malditas transmissões liberais que fizeram isso com ele — fizeram a cabeça dele girar 180 graus, até ele não saber mais diferenciar o Norte do Sul. Se não fosse por isso, será que a ficha dele teria uma mácula sequer, será que ele chegaria a pôr os olhos nessa Kim Suk-i? Na Kim Suk-i, que todo mundo sabe que é filha de um prisioneiro político!

Ao lembrar todos os problemas que passou para conseguir extrair de Kyeong-hun uma promessa de que iria romper o relacionamento — difícil como tirar sangue de pedra —, Yeong-pyo xingou baixinho e tirou a água da chuva do queixo. Para sua surpresa, ele descobriu que já estava em casa; ele estivera preocupado demais para ver o caminho que percorria.

"Kyeong-hun está?", perguntou irritado, antes mesmo de chegar à porta.

"Ainda não, e com essa chuva..." Sem conseguir entender o humor do marido, Kim Sun-shil não tinha como saber que suas palavras só o deixariam mais irritado. "Estou ficando preocupada, sabe."

"Ha! Não perca seu tempo."

"O quê? Como posso não me preocupar? Só hoje, duas pessoas da fábrica de alimentos morreram em um deslizamento de terra colhendo flores nas montanhas, e o menino que foi picado por uma cobra ontem morreu hoje cedo."

"Sei, sei, tudo bem."

Nada irritava tanto Yeong-pyo quanto ouvir algo que ele já sabia. Embora tivesse se passado menos de uma semana desde o início do luto oficial por Kim Il-sung, qualquer coisa que parecesse um canteiro de flores já tinha sido devastada. Era impossível achar um único botão nos jardinetes dos blocos residenciais, imagine nas ruas e nos parques.

Embora não tivesse havido qualquer anúncio público, um ou dois dias após o início do período de luto as pessoas perceberam que suas visitas para depositar flores nos altares recém-erguidos eram contabilizadas em segredo. Fazer uma visita por dia não só se tornou uma lei inviolável como havia gente comparecendo antes de cada refeição, de manhã, ao meio-dia e à noite. Havia centenas de altares pela cidade, em escritórios regionais do Partido, fábricas, até escolas, e com os cerca de quinhentos mil habitantes em busca de um suprimento contínuo de flores, o único meio encontrado foi enviar operários e alunos para fora da cidade para colher flores silvestres. Na unidade de Yeong-pyo, a tarefa diária de colher flores suficientes para que todos depositassem um buquê no altar era delegada por escala.

Tanto crianças quanto adultos vagavam pelas montanhas, e com a estação das monções tornando o solo traiçoeiro, era de se esperar que houvesse acidentes frequentes. A ansiedade da esposa de Yeong-pyo estava longe de ser infundada. Mas isso não foi o suficiente para diminuir a raiva do marido.

"Se aquele verme maldito morrer na montanha, já vai tarde!"

"O quê?"

"Olhe isso." Yeong-pyo pegou a garrafa do bolso das calças encharcadas e jogou no chão.

"O que é isso?"

"O que parece? Álcool!" Yeong-pyo foi para o outro cômodo, fechando a porta de deslizar com um gesto brusco.

Kim Sun-shil semicerrou os olhos, irritada, frustrada pelo fato de a conversa ter sido interrompida antes de realmente começar. Aquele marido dela, tão conservador e certinho que, mesmo hoje, depois de mais de três décadas como marido e mulher, só se trocava com a porta fechada!

"Bem, o que tem isso?", ela perguntou do outro lado da porta, sua curiosidade salpicada por preocupação. "O que isso tem a ver com a gente?"

"Você não reconhece a prova de um crime quando vê? Prova de devassidão, lascívia, autoindulgência..." Yeong-pyo interrompeu sua fala com um resmungo; era evidente que ele estava tendo problemas para tirar a roupa molhada. "Ele devia estar colhendo flores, mas na verdade estava atrás de um botão bem diferente."

"Você está falando do Kyeong-hun? E quem era o 'outro botão'?"

"Kim Suk-i."

"O quê?!" Sun-shil fez a porta deslizar rápido, levando o marido a erguer as calças apressado. Ele não precisava se preocupar; os olhos da mulher estavam tomados pelo rosto das duas Suk-is, conhecidas na fábrica como Grande e Pequena. "Qual Kim Suk-i? Aquela Suk-i Grande de novo?"

"Você acha que eu estaria aqui agora se tivesse certeza disso? Eu estaria caçando aquele verme do meu filho para colocar uma bala na cabeça dele!" Yeong-pyo agarrou o cinto perto do coldre e sacudiu tão forte que correu o risco de se machucar. Sua cintura de palito de fósforo acima do cinto parecia caber em uma única perna das calças. "Na verdade, a gente deu sorte. Os agentes que fizeram o relatório foram imbecis demais para fazer um trabalho completo. Não deixam claro qual Suk-i era."

"Deve ter sido a Suk-i Grande. Ele deve ter reatado com ela."

"Por que a certeza?"

"Só palpite, claro. Sei que você fez de tudo para separar os dois."

Roendo as unhas como fazia sempre que ficava nervosa, Sun-shil deixou o olhar correr para o girassol fora da janela.

De algum modo, aquelas pétalas resplandecentes conseguiram manter a forma mesmo maltratadas pelas chuvas, e talvez isso tivesse algo a ver com seu aspecto impressionante e com a altura gigante da planta, cuja imagem se sobrepunha na cabeça de Sun-shil à de um rosto deslumbrante. O rosto pertencia, claro, a seu filho Kyeong-hun, um sujeito robusto cujos cabelos ondulados flutuavam como relva ao vento. Sua fronte ampla e larga lhe dava ares de inteligência, e seus olhos ligeiramente voltados para cima denotavam uma percepção aguda. Em outras palavras, ele tinha um rosto que parecia apropriado para estar metido em um livro, como frequentemente era o caso com Kyeong-hun.

Em dado momento no início do casamento, o marido de Sun-shil fez o que ela presumiu ser uma piada, embora isso não combinasse com sua personalidade séria, um tanto solene: *Sempre fui visto como um sujeito perfeccionista, alguém com o coração duro e cheio de nós como uma árvore velha, e estou determinado a não transmitir essas características para meus filhos. Foi por isso que fiz todos aqueles esforços heroicos para conquistar sua mão — eu queria a sua altura, os seus belos traços, seu talento artístico. E por isso, para meu desejo se concretizar, você tem que me dar um filho que saia a você...*

E o desejo de Yeong-pyo realmente se concretizou, embora neste caso tivesse sido sábio dar ouvidos ao velho adágio: "Cuidado com o que você deseja". Depois de todos os esforços para se livrar de suas características ruins, ele podia agradecer ao filho por todo um novo conjunto de dores. No que dizia respeito à conduta pessoal e à compreensão do mundo, Kyeong-hun ficava muito atrás do pai.

Não fazia tanto tempo que Yeong-pyo tinha forçado Keong-hun a prometer romper com a Suk-i Grande. Sun-shil estava fazendo a faxina da tarde quando percebeu algo fora do lugar

— um documento oficial casualmente aberto em meio às organizadas pilhas de documentos que o marido guardava na escrivaninha. Assim que ela viu o cabeçalho, "Ordem de Deportação da Família de Kim Sung-bin", sua testa franzida se transformou em um olhar de horror. De olhos arregalados, ela leu rapidamente e descobriu que, por vários motivos, a mulher e os filhos de Kim Sung-bin deveriam se unir a ele em um campo de trabalho para prisioneiros políticos. Só havia um Kim Sung-bin que ela conhecia a quem essa ordem podia dizer respeito — o pai da Suk-i Grande. Sun-shil rapidamente enfiou o papel no bolso da jaqueta, olhando nervosa ao redor, como se pudesse estar sendo observada. Ela saiu apressada atrás do marido, e jogou o documento na frente dele com as mãos trêmulas.

"Dizem que às vezes até macacos caem de árvores, mas como você pôde ser tão descuidado? Trazer uma coisa dessas para a nossa casa e deixar por aí correndo o risco de alguém ver!"

"Às vezes o macaco cai, mas às vezes ele só finge cair."

"É verdade? A família vai ser deportada?"

"Mas que droga, o que eu acabei de dizer sobre fingir? Ponha isso de volta onde encontrou!"

Só aí Sun-shil percebeu o truque do marido, feito de propósito para medir o tamanho do afeto que Kyeong-hun sentia por Kim Suk-i — e idealmente para acabar com ele.

Claro que Kyeong-hun mordeu a isca. Poucos dias depois, os três estavam sentados em frente à tevê, para ver um filme após o jantar, *Linha avançada*. Pouco depois do início do filme, Kyeong-hun murmurou algo, aparentemente em resposta à ação na tela. As palavras saíram abafadas, como se ele estivesse falando sozinho, mas Yeong-pyo, com sua audição aguçada, entendeu o que ele disse.

"As coisas ainda são como antes — os inimigos de classe ainda são feitos do mesmo material."

"Então no fim das contas você tem algum juízo!", Yeong-pyo exclamou.

"Haha, pai, você realmente acha que sou um caso perdido? É só que, sabe, eu tendo a aplicar a política do nosso Partido de 'benevolência e tolerância' quando olho para os outros."

"Essa política é muito boa, mas não pode ser aplicada indiscriminadamente; a leniência deve ser usada só com quem a merece." A reprovação de Yeong-pyo foi suave, seu tom foi compassivo; uma conversa harmoniosa como essa entre pai e filho era quase surpreendente.

"Realmente", Kyeong-hun respondeu, "e para a Bowibu ter a maior eficiência possível, acho que deve ser implacável ao determinar quem merece o oposto. Uma maçã ruim apodrece o cesto, não é o que dizem? Não basta punir um único indivíduo; a família toda tem que ser expurgada. Famílias, por exemplo, como — bom, é meio estranho dizer isso, dado o relacionamento em que estive envolvido recentemente, mas como a família da Kim Suk-i Grande."

"Ora, ora", Yeong-pyo vociferou, "seja o que for que você..."

"Você acha que eu não tenho olhos, pai?"

"Ai, como eu pude ser tão descuidado? Aquele documento que deixei na minha escrivaninha..."

Desse modo, a disputa verbal entre os dois pareceu terminar com vitória do mais velho. Até onde Yeong-pyo podia ver, Kyeong-hun tinha na prática renunciado a qualquer conexão com a Suk-i Grande. Só Sun-shil não se convenceu do triunfo aparente. O marido podia se orgulhar de sua astúcia para pegar um peixe escorregadio, mas para ela o peixe pareceu estranhamente impaciente em morder a isca, chegando a pular na terra firme sem esperar que puxassem a linha.

Agora, a julgar pelos últimos fatos, era evidente que foi Yeong-pyo quem acabou fisgado naquele dia — anzol, linha e isca. Por mais que Sun-shil quisesse acreditar em algo diferente, não havia o menor indício de que a mulher com quem seu filho estava se encontrando fosse a outra Suk-i. Até onde se sabia, os dois nunca tinham nem se falado! Mas, mesmo estando perfeitamente conscientes disso, Sun-shil e Yeong-pyo não conseguiam abrir mão da possibilidade de que, na verdade, se tratasse da Suk-i Pequena. Porém eles sabiam que estavam se iludindo. Não fosse por mais nada, Kyeong-hun não era do tipo que deixaria uma moça de lado como se fosse um traste inútil, só porque seus pais se opunham ao relacionamento.

De repente Sun-shil sentiu um aperto no peito. Desta vez, a cena que passava vagamente por sua cabeça era a da eventual briga entre o marido e Kyeong-hun, que ameaçava de fato terminar em tiros.

"Me dê meu guarda-chuva!" Sun-shil se assustou com essa ordem quase gritada, sendo trazida abruptamente de volta para o presente. Ela se afastou da janela e foi até o marido para entregar o guarda-chuva.

"Aonde você vai agora?"

"O altar da fábrica", Yeong-pyo disse irritado por cima do ombro, já a meio caminho da porta. "A nação está de luto, mesmo que esse cretino tenha esquecido!"

Sun-shil tinha acabado de preparar o jantar quando Kyeong-hun chegou, as roupas ensopadas e os sapatos enlameados lhe dando a aparência de alguém que passou por uma máquina de espremer. Ele teve de passar por todas as casas ligadas à fábrica para distribuir a alocação de flores do dia. Yeong-pyo chegou em casa pouco depois, tendo feito sua própria ronda — para checar se seus agentes estavam posicionados como deviam em todos os altares locais.

"O jantar está pronto!" Sun-shil parecia ansiosa para se livrar da refeição antes que uma tempestade estourasse, mas Yeong-pyo não tinha tempo para essas delicadezas. Ele olhou para Kyeong-hun que, depois de colocar roupas secas e passar um pente pelos cabelos, imediatamente se instalou num dos lugares aquecidos do chão e enfiou a cara em um livro. O menino era a imagem da inocência, o que só serviu para ferver o sangue já quente de Yeong-pyo.

"Feche este livro." A voz de Yeong-pyo estava fria como gelo. Kyeong-hun olhou para cima, inclinando a cabeça para um lado e arregalando os olhos para fingir que estava surpreso. "Você deve ser mais cuidadoso quando for colher flores."

"Ah, mas eu sou cuidadoso. Ainda mais com esses acidentes todos..."

"Representando, de novo!"

"Ora, pai, o que você quer dizer com isso?"

"Tive que ficar na sala de reuniões hoje e ver meu nome ser arrastado na lama. E não só meu nome — toda a minha carreira política!"

"Sério? Mas claro que não por minha causa, não?"

"Ah, 'claro que não', é mesmo? Fedelho inútil! Fica por aí se exibindo e enchendo a cara neste momento de luto nacional, e ainda tem a pachorra de bancar o inocente!"

"Deve ser algum mal-entendido; tem como você ser mais claro?"

"Mais claro!" Yeong-pyo pegou a garrafa plástica debaixo da mesa e bateu no tampo com ela tão forte que, se fosse de um material mais forte, podia ter entrado na madeira. "Isso parece muito claro! O que você tem a dizer em sua defesa?"

"Infelizmente não consigo pensar em muita coisa. Para mim parece uma garrafa normal."

"Tão normal que você não se lembra de ter bebido nela? E da moça com quem você estava bebendo? Imagino que você também não se lembra dela? A mesma Kim Suk-i cuja família você denunciou nesta mesma sala? Já fiz a sua memória voltar?"

"Entendi. Então você ouviu isso do diretor da Bowibu?"

"Então você admite!"

"Sim, estou me lembrando agora. Essa garrafa... e o resto..." Kyeong-hun engoliu a saliva, e o som de sua garganta seca se contraindo fez a mãe tremer.

"Kyeong-hun!" Sun-shil interrompeu, esperando acalmar a situação enquanto ainda havia tempo. "Se você fosse outro operário qualquer que cometesse um erro, seu pai iria simplesmente aplicar uma punição e ponto final. Você sabe disso, não sabe? É pelo seu próprio bem que ele está tentando fazer com que você tenha juízo. Já não está na hora de deixar para trás aquela dispensa desonrosa do exército e começar a fazer alguma coisa da vida?"

"Eu entendo, mãe, sinceramente entendo. Mas será que um homem não pode dar as mãos a uma camarada enquanto os dois estão andando na beira de um penhasco? Uma camarada com quem ele trabalha todos os dias?"

"Então era a Suk-i Grande?" Os lábios de Yeong-pyo se crisparam de desgosto.

"Sim."

"Então era tudo uma encenação, aquela lenga-lenga enquanto nós víamos *Linha avançada*?" Yeong-pyo articulava as palavras mecanicamente por entre os dentes cerrados.

"Sinto muito. Aquilo foi... Me desculpe. Mas eu não era o único que estava encenando, era, pai? Foi você quem começou, quando fingiu que deixou por acidente um documento sigiloso aberto para quem quisesse ver. Você, que nunca cometeu o menor deslize na carreira! Como eu devia responder? Só fui em frente com a encenação porque queria tranquilizar vocês dois. Não queria que se preocupassem com a Suk-i Grande."

"O que existe entre vocês dois?"

"Bom, não me vejo casando com ela, então quanto a isso podem ficar tranquilos. Mas não posso simplesmente deixar ela de lado, também. Sinto um profundo afeto por ela — um afeto respeitável entre camaradas, entendam, completamente lícito — e também sinto muita compaixão por ela. Ela tem vários talentos, mas nunca vai ter a chance de brilhar. E, no fim das contas, qual foi o grande crime do pai dela? Apenas dizer que Kim Jong-il se casou pela segunda vez, o que todo mundo sabe que é verdade."

"Quieto!" a garrafa plástica voou pelo ar e acertou a bochecha de Kyeong-hun. "Você é um reacionário inveterado! Não é de espantar que fique bêbado quando devia estar derramando lágrimas."

Para Kyeong-hun, aquilo pareceu a gota d'água. Sua mão correu para a bochecha, que doía; agora ela tremia ali, quase imperceptivelmente espelhando os lábios que se contorciam, lábios que ele apertou firmemente um contra o outro como se estivesse lutando para controlar as emoções. Fazendo um esforço igualmente sofrido, Sun-shil prendeu a respiração e torceu as mãos enquanto seu olhar ia nervosamente de um para o outro homem.

Depois de um breve intervalo, Kyeong-hun se recuperou o suficiente para conseguir abrir a boca e falar em um tom relativamente controlado, embora por trás de sua voz se ouvisse o zumbido de uma agitação mais profunda.

"Pai, isso é demais! Posso não estar ganhando medalhas por lealdade, mas sei qual é a conduta adequada para chorar os mortos. Você já ouviu falar de alguém que tomou álcool metílico?"

"O quê?"

"Encharcar a roupa com álcool metílico é um método para afastar cobras; era isso que tinha nessa garrafa. Se você não acredita, ligue para o sr. Park no laboratório agora mesmo. Foi ele que me emprestou isso."

"Kyeong-hun!" Engasgando ao falar o nome do filho, Sun-shil apertou as mãos dele entre as suas. Lágrimas saíram como chuva de seus olhos, que ainda brilhavam, apesar das marcas de expressão da idade.

Ver a aflição da mãe levou Kyeong-hun a também chorar. Tudo que seus "vinte e seis anos de escola de artes cênicas" o ensinaram a esconder agora se recusava a continuar sendo reprimido.

"Você não vê a desgraça disso tudo? A tragédia? As pessoas estão tão preocupadas em denunciar uns aos outros que chegam a ficar remexendo em bobagens como essa." Ele fez um gesto furioso em direção à garrafa que estava a seus pés. "Uma vida sincera, genuína, só é possível para quem vive em liberdade. Num lugar em que as emoções são reprimidas e as ações são monitoradas, a encenação se torna onipresente, e é tão convincente que chegamos a enganar a nós mesmos. Olhe essa gente toda, chorando uma morte que aconteceu três meses atrás, passando fome porque não consegue retirar suas rações desde então. E a mãe da criança que morreu picada por uma cobra enquanto colhia flores para o altar de Kim Il-sung? Talvez ela ache que sua tristeza particular seja útil para derramar lágrimas públicas. Não é assustadora essa sociedade que nos ensina a sermos todos grandes atores, capazes de chorar assim que nos pedem?"

"Cale a boca, pequeno imbecil! Chega dessa baboseira reacionária!"

"Mas e aqueles que veem lágrimas forçadas como sinal de lealdade, de solidariedade? Não são eles os verdadeiros imbecis? Claro que você sabe que independente da peça, a cortina cai no final."

Um grito sufocado saiu da garganta de Yeong-pyo enquanto ele saía voando da cadeira, tateando a cintura como se tomado por uma compulsão violenta.

"O que você está fazendo?" Sun-shil correu para se colocar entre o marido e o filho, olhando horrorizada para Yeong-pyo.

"Saia do meu caminho!" Com uma das mãos, Yeong-pyo afastou a esposa, enquanto na outra o brilho metálico do cano da arma anunciou sua mordida venenosa.

"Vá em frente, atire", Kyeong-hun disse, se levantando e afastando os braços para mostrar o peito. "Me mate, se é o que você realmente quer! Mas mesmo que encha esse corpo de balas, jamais vai matar meu desejo de viver uma vida digna de um ser humano!"

Um tiro soou em resposta, e a sala mergulhou abruptamente na escuridão. Houve um breve silêncio causado pelo choque, rompido pelo lamento de Sun-shil, que engatinhava até o lugar em que imaginava que o filho estava. Se debatendo loucamente, ela bateu com o ombro na mesa, e alguma coisa despencou ruidosamente no chão. Os ecos ainda nem tinham sumido quando o som áspero da campainha do telefone levou Sun-shil a dar um salto, o som parecendo estranhamente absurdo.

"É um blecaute? A garagem... Vá para a garagem! Mande carros para iluminar os altares! Rápido!"

Sun-shil não sabia se essas palavras vinham deste mundo ou do outro. Mas ela sentiu uma mão agarrando a sua.

"Mãe!" Aqui estava ele, seu filho, berrando feito um bebê enquanto ela passava a mão por seu braço, subindo até o ombro, até a cabeça, para ver se estava tudo bem. Ouviu-se o som da porta aberta às pressas e passos correndo para fora. A noite estava absolutamente escura, não havia no céu um único ponto de luz. Embora a chuva tivesse finalmente parado, o vento assobiava com vigor renovado. O som de cem chicotes cortando o ar enchia o espaço entre o céu e a terra.

Yeong-pyo desceu precipitadamente as escadas e saiu pelo portão principal da fábrica, onde tinha sido erguido um altar debaixo de uma grande tela a óleo de Kim Il-sung, enfeitada com a inscrição "Veneraremos nosso Grande Líder até que o sol e a lua se apaguem". O altar havia sido instalado perto do portão, já que a sala comunitária da empresa era muito pequena para acomodar os milhares de empregados que faziam sua peregrinação de pesar. Os carros que haviam saído da garagem — por ordem de Yeong-pyo — já estavam estacionados em semicírculo, dispostos de modo que a luz dos faróis ficasse na melhor posição para iluminar o altar. Havia cinco carros, e a iluminação do pedestal de mármore era tanta que era possível ver com clareza cada pétala de cada buquê. Era possível ouvir um longo coro de lamentos, apesar do ruído todo-poderoso do vento.

Um número fixo de enlutados era garantido a qualquer momento do dia; quando alguém saía devia ser instantaneamente substituído, do mesmo modo como se regula o nível da água em um lago artificial. Ao ver o fluxo e contrafluxo em torno do altar funcionando exatamente como devia, Yeong-pyo deveria ter se sentido bastante tranquilo para sentar em um dos carros e se livrar do vento. Mas, de jeito nenhum, iria se sentar e relaxar em um momento como este.

Ele precisava dar uma boa olhada na safra atual de enlutados. Seria verdade que eram meros atores, chorando lágrimas artificiais? As palavras de Kyeong-hun ainda soavam estridentes em seus ouvidos, causando uma tempestade de confusão. Ele puxou a aba do chapéu sobre os olhos e entrou no meio da multidão que gemia. Quase imediatamente seu olhar recaiu sobre a mãe da Kim Suk-i Grande, um choque doloroso para seus nervos já desgastados. Como ela, justamente ela, ia estar bem diante do altar... Que tipo de truque era esse?

Quando ele teve o impulso de se esconder em meio à multidão, para avaliar a sinceridade de sua dor, não era exatamente essa mulher de Haeju que ele tinha em mente, com seu marido definhando em um campo de prisioneiros políticos, sempre reclamando que sua família estava à beira da fome? Agora, ao se deparar com a mulher de carne e osso depositando seu buquê no altar com um grito devastador de "Grande Líder, Pai!", Yeong-pyo tremeu. As lágrimas escorriam por seu rosto! Era chocante, espantoso, algo que Yeong-pyo jamais acharia ser possível mesmo se tivesse lido no relato de um agente. Ele teve a impressão de ter se deparado com uma raposa de nove caudas, uma criatura esperta, traiçoeira, que deve ser evitada a todo custo.

Dando meia-volta e cambaleando no caminho de volta, Yeong--pyo estava interessado demais em sair rápido da multidão de enlutados para se preocupar em não chamar atenção. A dor irradiava de seu fígado, mas não se podia dizer que ele a sentia. Um choro estridente latejava nos seus ouvidos, como se um bando de cigarras estivesse preso em seu crânio. O que ele acabara de testemunhar parecia tão irreal quanto um sonho. Não era possível acreditar naquelas lágrimas.

Se mesmo alguém como a mãe da Suk-i Grande podia chorar de modo convincente, gritar "Grande Líder!" em um tom adequado para o sentimento de luto... Mas como eles conseguiam chorar lágrimas de verdade? Será que levavam garrafas d'água escondidas, para molhar o rosto quando ninguém estava olhando?

Isso se chama verdade do palco.

Quem disse isso? A voz soava como a de Kyeong-hun, mas também como a daquele antigo camarada de exército...

Verdade de palco... Enquanto Yeong-pyo se arrastava para um canto, seus pés pareciam se mover por conta própria, enquanto sua mente, âncora levantada, seguia à deriva ainda para mais longe do presente. *É isso. Qualquer um que tenha isso pode chorar algumas lágrimas, até mesmo a mãe da Suk-i Grande. Mas normalmente é preciso ser um ator experiente para fazer isso...*

Depois de todo esse tempo, ainda não entendeu que é exatamente isso que ela é? De novo aquela voz — de quem era aquela voz? Podia ser de Kang Gil-nam, que insistiu em encenar a segunda improvisação? *Uma mulher como ela, com quarenta e cinco anos de escola de artes cênicas, quarenta e cinco anos para dominar os únicos roteiros de que jamais vai precisar: "Isso dói, haha"; "Isso faz cócegas, buá". E não é de espantar que ela tenha se saído tão bem, tendo você para treiná-la. Professores rigorosos sempre são os mais eficientes.*

Quarenta e cinco anos? Mas ela não pode ter mais de quarenta e cinco agora. E fui eu o único a treiná-la, que ensinou a ela a esperteza da raposa de nove caudas? Eu?

Sim, você, pai. Você teve quarenta e cinco anos do mesmo treinamento, afinal, e sempre foi o primeiro da classe.

Kyeong-hun, seu cretino! Eu devia ter colocado uma bala em você hoje. Não sei de onde você tirou isso, essa insolência, essa insubordinação... mas isso não tem nada a ver comigo. Nada, está me ouvindo?

Você é modesto demais, pai. Você demonstrou seu talento hoje mesmo, de manhã; como produzir um jarro de lágrimas a partir de um copo de tristeza.

Do que você está falando, "hoje mesmo"?

Falando com o diretor da Bowibu. E foi bem útil, não foi?

O quê? Eu, eu não sei do que você está falando. Não sei. Não...

Yeong-pyo prendeu o pé em alguma coisa, tropeçou e caiu. Resmungando, se esforçou para se erguer, mas parecia que tinha deixado sua mente desorganizada estilhaçada no chão. Ele ficou em pé, seus traços inexpressivos e parecendo incapazes de compreender. A rajada de vento arrastou suas roupas.

"Eoi, eoi!"

Aquele som, cortando o uivo do vento como o grito de lamento de um espírito da água, fazendo os pelos de sua nuca se eriçassem — um lamento fúnebre como esse podia realmente vir da mãe da Suk-i Grande? Isso era possível?

Yeong-pyo tremeu inteiro. Ele tinha andado às cegas até o parquinho, ao lado do prédio deserto da fábrica. Mas o que estava imediatamente ao seu redor era incompreensível para ele. A aura brilhante do altar preenchia um olhar vago, em que as pupilas haviam levantado âncoras. Os raios dos faróis dos carros se cruzando pareciam holofotes em um teatro. Um dos raios de luz chegava até o ponto em que Yeong-pyo estava, iluminando os sombrios pinheiros e bancos baixos de pedra.

"Esses pinheiros foram muito bem desenhados — iguaizinhos aos de verdade! Espere um pouco, de quem é esta cena? Ah, sim, isso mesmo, isso mesmo..."

Passando entre as árvores, um instrutor entrou no palco. Um treinador que carregava a mancha indelével de um crime horrível, que deve agora colocar o cano de uma arma contra sua cabeça e encerrar essa história toda de uma vez.

O barulho da arma rasgou o ar quente da noite, mas Yeong-pyo já não podia ouvi-lo. Hong Yeong-pyo, um austero diretor que exigiu de si a mesma verdade de palco que exigia dos outros, escolheu fazer descer o pano sobre si antes que ele caísse para os demais atores.

29 de janeiro de 1995

O COGUMELO VERMELHO

1

HAVIA UM MOTIVO MUITO SIMPLES para que os habitantes da cidade de N chamassem a sede da prefeitura local de "casa vermelha" — o vermelho dos tijolos era impactante. Na verdade, a sede da prefeitura se destacava entre os outros prédios de tijolos à vista da rua por ser impressionantemente vermelha. O prédio foi erguido nos primeiros tempos depois da libertação, quando o Partido Comunista tinha acabado de se estabelecer, e o secretário do Partido da época deu ordens para que usassem tijolos feitos especialmente para a ocasião, em que devia se colocar uma espécie de corante vermelho.

O secretário da época, um sujeito com uma cabeça de leão que tinha as palavras do *Manifesto comunista* de Marx sempre nos lábios e um cachimbo com tabaco sempre à mão, declarou que o prédio devia ser vermelho tanto por fora quanto por dentro, já que brotava de sementes espalhadas por aquele espectro vermelho da Europa. Ele acrescentou o corante vermelho não apenas nos tijolos como também nas telhas, transformando a sede do Partido

Comunista em uma casa de fato vermelha. Ao levar tudo isso em conta, a inócua frase "a casa vermelha" necessariamente se referia não a algum prédio comum, mas à cor vermelha — chocante, impressionante, quase extravagante.

Assim, se algum menino ranhento dizia para outro, "acha que pode fazer o que quiser porque seu pai é da casa vermelha?", era evidente que o pai do outro garoto trabalhava na sede do Partido. E se uma mulher dizia, rolando os olhos, "Esqueça — ela é da casa vermelha", havia duas possibilidades: ou a mulher ou o marido trabalhavam na casa vermelha.

Hoe Yunmo, repórter do jornal diário do distrito, estava sentado em sua mesa quando uma rajada de vento entrou pela janela, sacudiu as folhas do bloco de anotações à sua frente e o jogou no chão. Só isso pôde retirá-lo de sua paralisia.

"Droga!", ele resmungou, se abaixando para pegar o bloco. Mas não era a brisa que ele estava insultando. Ele tinha ordens de escrever uma reportagem e ainda não havia produzido uma linha sequer; seus pensamentos errantes eram a causa de sua irritação, perdendo tempo com a casa de tijolos em vez de se concentrar em sua tarefa. Por que justo agora, quando ele devia agir com toda a empolgação possível, sua mente insistia em escavar as origens e circunstâncias do prédio, a coisa mais distante possível de seu tema? No bloco, que ele agora tinha devolvido à mesa, ainda se lia apenas um título: "Fábrica de pasta de grãos da cidade de N volta aos níveis normais de produção".

Yunmo soltou a caneta tinteiro sobre o bloco e esfregou o rosto com as mãos. A boca seca fez um rugido de desânimo quase por conta própria. Mais de uma década no emprego, e ele podia jurar que nunca tinha passado por um bloqueio de escrita tão completo como esse.

Era como se estivessem enfiando um espeto em seu cérebro: Ele simplesmente não conseguia ignorar o fato de que até nos casos em que a ordem vinha da casa vermelha e, portanto, devia ser obedecida sem hesitações, havia vezes em que simplesmente não era possível produzir o que se exigia — impossível como chorar quando alguém exigia que você fizesse isso. Já haviam se passado quase três meses desde que a produção de pasta de grãos de soja da cidade tinha passado de esporádica para inexistente, mas agora queriam que Yunmo escrevesse uma reportagem sobre a volta da fábrica a suas operações normais — era como escrever a notícia de um parto antes de o bebê ser concebido!

Três dias antes, quando o secretário com cabeça de leão que comandava a casa vermelha o chamou e pediu a reportagem, Yunmo ficou pasmo. Ele conseguia ver o rosto redondo e infantil do secretário, que exibia sempre o mesmo olhar de desprezo independente de com quem falava.

"Como, sem comentários? Hahaha. Ora, há tanta coisa saindo de sua boca quanto do tanque de pasta de grãos de soja..."

A piadinha foi feita numa voz aguda que chamava ainda mais a atenção por emergir de um pescoço que era um verdadeiro tronco de árvore, espremido entre rosto e ombros igualmente robustos. "Nossa cidade vem sendo muito criticada por esse fato. Que, é claro, é culpa do comportamento irresponsável de certos trabalhadores. Mas agora que o tanque de pasta de grãos da fábrica vai abrir sua boca e entregar tudo o que queremos, vocês, repórteres, precisam começar a fazer o mesmo. 'Sim, eu *vou* escrever a reportagem', esse tipo de coisa. Ha!" Assim que pareceu que a piada tinha acabado, o secretário deixou que sua risada fosse desaparecendo e retomou o tom usual de desprezo. "A reportagem precisa ser publicada antes do fim do mês. Entendeu?"

Naquele dia, Yunmo obedientemente começou a trilhar a estrada que o secretário colocou à sua frente e visitou a fábrica de pasta de grãos. O gerente que o cumprimentou era tão magro que chegava a parecer um graveto de madeira vestido; de algum modo, até a careca dava a impressão de ser oca.

"Sim, sim. É tudo verdade. Voltamos ao estágio de fermentação agora. O que estamos fermentando? Graças ao apoio do Partido local, recebemos bolotas e milho das fazendas, num total de trinta toneladas. É o suficiente para um mês de produção de pasta de grãos."

Não o suficiente para um ano — para um mês. Então essa era a situação real: Para pessoas que a essa altura já tinham esquecido o gosto de pasta de grãos e que sequer punham os olhos nela há tanto tempo, Yunmo devia proclamar a mentira de que a fábrica havia voltado aos níveis normais de produção. Certamente não era a primeira vez que ele seria criativo quanto à verdade. Alguns leitores tinham um apelido para Yunmo — sr. Repórter Loroteiro. E ele mesmo tinha de admitir que não era exatamente descabido.

Yunmo tirou a tampa de sua garrafa térmica e a levou à boca. Era álcool. Para ele, o álcool era o lubrificante necessário para produzir as reportagens mentirosas que outros pautavam, um vício arraigado há tanto tempo que ele nem se lembrava de uma época em que não tivesse sido assim.

"Yunmo, você está aí?"

Alguém batia à porta. Antes de Yunmo ter tempo de fechar a térmica, Song, um médico especialista do hospital, entrou na sala. Os dois eram amigos de infância, tendo crescido saltitando sobre pernas-de-pau feitas de cana-de-açúcar e depois se tornando parceiros de laboratório no colegial. Embora fisicamente um fosse o oposto do outro — Yunmo era alto e pesado com traços um tanto vulgares, enquanto em Song tudo era pequeno e ajeitado — os dois continuavam tão próximos quanto antes, e frequentemente trocavam segredos.

"Qual é o problema?"

Chocado ao ver o rosto de Song pálido e suado, Yunmo rapidamente se levantou da cadeira.

"Yunmo, você tem que me ajudar. Meu tio acaba de ser preso."

"O quê? Você está falando daquele que é engenheiro na fábrica de pasta de grãos?"

"Aparentemente foram atrás dele enquanto ele estava trabalhando no campo, todo coberto de pó. O que a gente vai fazer?"

"Volte para o começo e me explique, ponto por ponto. Por que isso aconteceu?"

"Abandono de posto — é assim que estão chamando; é esse estigma que estão colocando no meu tio. Você escreveu aquela reportagem sobre ele, você sabe muito bem, não? Por favor ajude, do jeito que puder."

Parecia que o choque havia feito Song perder a razão. A espuma branca sobre seus lábios e as pernas trêmulas davam um retrato muito claro da gravidade do problema. Yunmo rapidamente pegou uma tigela com água fria na cozinha.

"Pegue, tome isso, sente, e vamos conversar."

Yunmo pegou seus cigarros e o isqueiro. Durante todo esse tempo, ele não conseguiu tirar da cabeça a imagem de Ko Inshik, responsável técnico pelo moinho de soja, um sujeito de constituição frágil, cujos olhos, atrás de lentes grossas, sempre pareciam um pouco inchados.

2

Foi há três anos, quase exatamente na mesma semana de agosto de agora, que Yunmo ouviu falar pela primeira vez de Ko Inshik. Também naquele dia Song foi visitar Yunmo em nome de Inshik. O homem que ele chamava de tio na verdade era apenas um primo distante, mas o relacionamento deles era bem mais próximo do que a árvore genealógica podia sugerir.

Durante o tempo em que ele frequentou a faculdade de medicina em Pyongyang, foi Inshik que garantiu a Song a possibilidade de se dedicar só aos estudos, sem recair na solidão que tantas vezes atinge filhos de viúvas, e também das dificuldades da vida nos dormitórios. Se havia uma excursão universitária, Inshik preparava uma marmita com almoço para ele. Sem falar nada, passava o saco com a comida para a esposa, olhos enrugados em um sorriso por trás das lentes espessas.

Aquele sorriso era o que no caso dele passava por uma conversa; raramente se via motivado a falar. Eis o tipo de homem que ele era: uma pessoa de poucas palavras, mas com um estoque aparentemente infinito de bondade humana. Não que sua esposa não sentisse compaixão pelo problema do sobrinho, mas ela não convidaria Song para morar com eles não fosse a insistência do marido. Mas claro, a situação do próprio Inshik era bem diferente na época.

Na faculdade, ele se formou em engenharia de produção de alimentos, depois foi nomeado para um comitê encarregado da indústria leve, como supervisor de serviços técnicos. Em outras palavras, ele e a família estavam numa situação que se podia dizer confortável. Muitos em situação semelhante se recusariam a dividir o que tinham com outros, mas não Ko Inshik. Quando se tratava de gentileza, ele não sabia fazer nada pela metade, e foi com o afeto profundo de verdadeiro pai que cuidou de Song e lhe deu todo o apoio, todos os dias até que ele terminasse seus estudos. E quando Song se formou, nenhum deles teria como adivinhar que em menos de três anos ambos estariam juntos na cidade de N!

Quando se descobriu que o cunhado de Inshik, que se presumia ter morrido num ataque a bomba durante o tumulto da Guerra da Coreia, na verdade tinha fugido para o Sul, Inshik foi marcado com o estigma dos que haviam "falsificado sua história", e foi mandado por Pyongyang para "que os adequados ideais revolucionários fossem inoculados nele" na cidade de N.

Com esse começo pouco auspicioso, a vida de Inshik neste lugar levou Song a pensar sobre a verdade do ditado "Quanto maior o coração, maiores as dores". A conhecida habilidade de Inshik no campo de engenharia de produção de alimentos lhe garantiu o posto de responsável-técnico na fábrica de pasta de grãos, que, não fosse por isso, seria considerada boa demais para ele, mas em todos os outros aspectos sua vida era um caminho de espinhos.

Song fechou os olhos da tia pela última vez quando a cabeça dela estava deitada em seu colo. Ela, cujos lábios tinham se encolhido até virar uma linha sem cor, deu seu último suspiro menos de dois anos após o trauma de ser mandada para o interior por ordens de Pyongyang, e não encontraram qualquer causa médica.

"Você acabou nessa situação lastimável por causa do meu irmão, eu sei", ela disse para Inshik, "mas eu te imploro, trabalhe o mais duro que puder para voltar ao seu antigo posto."

Sem conseguir afastar o olhar cheio de culpa do marido e agarrando os filhos pelos pulsos, ela não falou mais nem uma palavra sequer.

O chefe de um lar sem uma dona de casa sem dúvida fica em situação lamentável, assim como as crianças que ficam sem a mãe. É compreensível que a jovem filha do casal tenha sofrido, forçada a cuidar da casa e dos irmãos mais novos assim que terminou o colegial, além de trabalhar com o pai no laboratório da fábrica de pasta de grãos. Mas o preço que isso cobrou de Inshik foi ainda maior, já que ao seu trabalho como supervisor de tecnologia na fábrica foi acrescentada outra responsabilidade, por ordens do Partido: preparar uma área de terra para cultivo.

Pela primeira vez na vida, Inshik foi forçado a aprender a lavar um uniforme de trabalho e a cerzir meias, sentado na porta de uma cabana na montanha. Mas o preparo da terra para cultivo trazia benefícios; não fosse assim, só os que tivessem reputação manchada pelo crime se disporiam a morar sozinhos numa cabana rústica em uma montanha hostil e inabitada. Não, havia vantagens: quatrocentos *pyeong* de terra para uso pessoal, sob condição de que o tempo e o esforço necessários para seu cultivo não prejudicassem as tarefas principais.

"Claro, benefícios adicionais podem ser oferecidos aos que ocupam cargos de responsabilidade." Foi o que o secretário-chefe do Partido na cidade disse a Inshik ao informá-lo de suas novas tarefas. "Mas não se esqueça de que a natureza desses benefícios depende muito de seu desempenho."

Uma dica importante, portanto, de que Inshik podia ser liberado do cargo de responsável-técnico da fábrica de que haviam lhe encarregado com tamanha magnanimidade — de que podia até mesmo reconquistar seu antigo cargo. Mas, na verdade, mesmo sem essa dica pouco sutil, Inshik já tinha um palpite quanto aos possíveis termos do acordo.

O simples fato de o mandarem trabalhar nas montanhas, tarefa que faria qualquer trabalhador da cidade hesitar, foi um modo de o secretário do Partido deixar perfeitamente claro que esperavam dele a mesma resposta da vaca que, comendo em segredo as folhas da plantação de soja do dono, recua toda vez que o fazendeiro põe a mão no chicote. Fosse ou não efeito direto da consciência que ele tinha disso, Inshik se pôs a trabalhar em sua nova tarefa sem hesitar. De vez em quando ia à fábrica supervisionar os trabalhos técnicos, e Song sempre aproveitava essas oportunidades para incentivá-lo a cuidar da saúde, a pensar nos filhos que agora não tinham mais mãe. Mas Inshik dizia que era exatamente a preocupação com o futuro dos filhos seu principal incentivo e voltava imediatamente para as montanhas.

Três anos de trabalho duro renderam uma área de terra recuperada para o cultivo com um solo já pronto para ser semeado.

Ao mesmo tempo, as incansáveis melhorias de Inshik na fábrica também traziam resultados, e a cidade de N agora era abençoada com uma abundância de pasta de grãos. "Nem a pasta de grãos de Pyongyang é boa como a nossa" era o que as pessoas diziam. Mas elas não sabiam do ingrediente secreto, o sal que dava aquele sabor admirável — o suor e o sangue de Inshik.

Naquele dia três anos atrás, ao procurar Yunmo e contar a ele a história desse Ko Inshik, Song foi claro quanto a suas intenções.

"Por favor, se puder, escreva uma reportagem ou algo assim sobre ele, e publique no jornal. Qualquer coisa que lhe dê um pouco de ânimo."

O retrato que Song pintou de Inshik certamente despertou a ambição profissional de Yunmo. Ele já tinha pensado se não havia uma boa história por trás dos elogios à qualidade da pasta de grãos da cidade.

Ele decidiu fazer alguma pesquisa prévia, e o primeiro passo seria visitar a família de Inshik. Em sua carreira razoavelmente longa de repórter, ele viu vários exemplos que confirmavam que o melhor meio de ter uma ideia do verdadeiro caráter de alguém era conhecer sua vida doméstica, mais do que a vida profissional.

Neste caso, a experiência de Yunmo se revelou o melhor juiz. Por meio da chamada vida doméstica, ele conseguiu ver Inshik de uma nova maneira, como um homem que deixou sua vida se enterrar no trabalho, tudo na esperança de um tratamento favorável no futuro. Yunmo escolheu ir à casa de Inshik na hora do almoço, achando que esse era o momento mais provável para encontrar alguém. Situada na colina atrás da fábrica, a casa era rodeada por uma cerca pouco firme e o único teto do celeiro era uma lona presa por pedras.

Já de longe se via que o lugar não era bem cuidado. Um menino em uniforme escolar, que parecia ter uns catorze anos, se divertia pendurado no pequeno portão do jardim. Mais de perto, porém, Yunmo viu que o garoto não brincava, e sim lutava bravamente para desprender uma corrente enferrujada fixada na dobradiça superior do portão. Bem quando Yunmo estava pensando que esse devia ser Hye-myong, caçula e único filho homem de Inshik, o menino tornou a pergunta inútil ao anunciar: "O pai não está". Querendo adiar qualquer explicação sobre o motivo da visita, Yunmo levantou uma sobrancelha numa falsa reação de surpresa, fingindo não saber que Inshik estava nas montanhas.

"Bom, e quanto a sua irmã, então?"

"Ela sempre leva o almoço para o trabalho. E eu levo o meu para a escola."

"Então por que você está em casa agora?" O menino pareceu tremer. "Que foi, o gato comeu sua língua?"

"Porque... a minha irmã cortou a mão tentando consertar isso. Ela estava chorando quando saiu para a fábrica. Hoje cedo."

"É mesmo? Então você veio tentar consertar antes que ela volte à noite. No intervalo de almoço da escola, certo?"

O menino não respondeu, só baixou a cabeça e engoliu as lágrimas. A batalha com a corrente foi tão cansativa que tingiu com o vermelho da ferrugem o suor das mãos pequenas e macias. Yunmo ficou realmente tocado. Ao ver o menino à beira do choro, deliberadamente adotou um tom alegre e divertido.

"Certo, vamos dar uma olhada nisso aqui. Essa maldita dobradiça está dando trabalho? Passe o martelo." Ele colocou a parte mais fina e afiada do martelo entre a dobradiça e o caixilho do portão e baixou o cabo várias vezes, fazendo o portão gemer e resmungar em protesto. Para entreter o menino, pontuou esses gestos com perguntas aparentemente inócuas.

"Mas por que as crianças ficaram responsáveis pela casa, como se não tivessem pai?" A dobradiça saltou. "Boa!"

Vendo a dobradiça que se recusava teimosamente a ceder arrancada com a facilidade que um alicate teria para tirar um espinho, o menino ficou imediatamente radiante.

"O pai não tem tempo para nada, só para a área de cultivo."

"Ah, é? Que tipo de trabalho ele faz lá?"

"Outro dia teve reunião de pais e ele só mandou um bilhete para a professora dizendo que não podia ir. Às vezes nós mesmos só falamos com ele por bilhete. Ontem mesmo foi assim."

"Entendo, e sobre o que falava o bilhete de ontem?"

"Os ritos memoriais da mãe." Assim que terminou de falar isso, o menino comprimiu os lábios, mas era tarde demais para conter as lágrimas. Se sentindo extremamente desconfortável, Yunmo renovou seus esforços.

"Olha, segure isso para mim. A gente precisa tirar essa outra dobradiça também... Ah, essa aqui realmente é uma sacana!"

Ele começou a praguejar e soltar exclamações com vigor ainda maior do que antes. E não era só o menino que queria alegrar — ele sentia que seus próprios olhos estavam à beira das lágrimas. Por sorte, algo inesperado aconteceu bem naquela hora para pôr um sorriso no rosto de Hye-myong.

A dobradiça que Yunmo estava forçando, achando que ia ser tão difícil quanto a primeira, se desprendeu sem aviso, fazendo ele perder o equilíbrio e aterrissar com o traseiro no chão. Embora as lágrimas ainda brilhassem em seus olhos, o menino explodiu numa gargalhada.

"Então, sr. Repórter, é verdade que tem um javali selvagem causando estragos na área de cultivo?"

Yunmo ficou surpreso. "Como você sabe que sou repórter?"

"Haha — eu sabia desde o começo. Você veio ver meu pai."

"Ora, seu pestinha! Mas como você descobriu?"

"Você não lembra? Você foi na escola no começo do semestre tirar uma foto para o jornal."

"Ah, é verdade. Mas que história é essa de javali selvagem?"

"Bom, no bilhete o pai dizia que era por algum problema com um javali selvagem que não podia vir para os ritos memoriais da mãe."

"Ah, deve ser verdade. Javalis são um grande problema, sabe. Eles sempre andam em bandos, e basta uma noite para fazerem um estrago considerável até num milharal grande."

"Ah! Então *era* verdade!"

"Se fosse comigo, eu ia sentir tanta saudade de vocês que ia querer estar aqui o tempo todo, mas acho que as coisas são diferentes com o seu pai, não é?"

"Ele está ocupado com o trabalho... mas realmente é um bom pai para a gente. Ele sente saudade e sabe que a gente sente falta dele, e realmente queria estar aqui para os ritos memoriais da mãe, mas tem que ficar nas montanhas. Toda manhã quando vai lavar o rosto na fonte, vê nossos rostos na água. Ele escreveu isso numa das cartas."

"E?" Yunmo não conseguiu evitar um tremor na voz.

"E ele mandou framboesas e cogumelos pelo sujeito que trouxe a carta, e a minha irmã usou tudo na mesa de oferendas para a mãe."

Yunmo teve que desviar o rosto. Fingindo que secava o suor da testa, secretamente enxugou suas lágrimas.

Ele deu uma boa olhada no interior da casa de Inshik naquele dia, viu cada cantinho e cada rachadura, e chegou a tirar um tempo para colocar uma nova dobradiça no portão. A casa falava com eloquência sobre sofrimento, e sobre Inshik: um homem que cuidadosamente colheu cogumelos como oferenda para a esposa morta, a cuja cerimônia memorial não pôde estar presente; um homem que enfiou as mãos em espinheiros, na esperança de que framboesas aliviassem a dor de seus filhos, que ele precisava se contentar em ver apenas em sua imaginação. A cerca torta, o teto do celeiro que não evitava que a chuva entrasse expressavam com clareza o fato de que o homem da casa estava distante, se esforçando em algum outro trabalho duro. O lugar parecia até mesmo ecoar sua voz, sozinho na montanha no aniversário de morte da esposa, externamente se dedicando a uma perseguição de javalis, internamente orando para que ela tivesse encontrado um pouco de felicidade.

Depois disso, Yunmo achou que poderia de escrever uma reportagem de uma vez só, imediatamente, caso fosse necessário. Ele tinha um amontoado de fatos e números relativos à área de cultivo de outro levantamento que havia feito. Mas a essa altura estava enfeitiçado pelas qualidades humanas de Inshik, e foi tomado por um desejo ardente de falar pessoalmente com ele, de estar diante daquela personalidade tão peculiar.

E assim, naquele dia, Yunmo se apressou a ir para a área de cultivo, a uma distância de cem *ri* da cidade, ignorando o sol abrasador do meio-dia.

3

Em vez de serem percorridos em linha reta, esses cem *ri* pareciam uma corda mal enrolada. A área de cultivo olhava para a cidade lá embaixo como alguém que espiasse as profundezas de um poço, e, para chegar ao destino, era preciso subir numa espécie de espiral.

Era como se alguém tivesse traçado uma linha reta na lateral da montanha. A metade superior seguia envolta em uma floresta escura, enquanto a metade inferior era toda de terras preparadas para cultivo, e se estendia até um ponto tão distante que chegava a ser difícil dizer onde acabava. A terra havia sido dividida em lotes, cada um com uma cultura diferente — alguns tinham feijões, outros milho, outros batatas — e a orla inferior era marcada por um penhasco brusco, quase paralelo à linha de árvores mais acima. A boca de um vale escuro se escancarava lá embaixo.

Deparar-se com um milharal numa montanha íngreme e remota como aquela era algo estranho e raro. No máximo, parecia uma área preparada pelo antigo método das queimadas. As palavras "área de cultivo" davam a impressão de algo muito moderno, muito técnico, mas a aparência era bem diferente disso, e "área de queimada" teria sido um nome bem adequado.

O indício de que a área tinha sido preparada desse modo estava no fato de o local ainda estar cheio de resquícios do que havia antes ali. Raízes de árvores que pareciam esqueletos de dinossauros, pedras que haviam se soltado e rolado, tocos queimados, tudo emaranhado e empilhado ao lado dos sulcos do campo... A localização da área numa altitude tão elevada significava que a tecnologia mais inovadora que poderia ter sido usada era um carro de bois. Levando em conta que essa tarefa colossal tinha sido realizada com meros três bois e cerca de trinta homens, Yunmo encarava as pedras e raízes de árvore com olhos renovados, cheios de fascínio. E lhe ocorreu que quarenta *pyeong* de terra para uso pessoal eram um "benefício" bem pequeno, pensando no sangue que tinha sido derramado para cultivar tudo aquilo.

As cabanas ficavam no campo de batatas, um lugar relativamente seguro.

Eram habitações baixas, que pareciam mal acabadas, construídas com troncos inteiros servindo de vigas, depois "forradas" com casca de árvores e cobertas com terra. Yunmo se aproximou de uma das cabanas e se deteve na entrada do jardim. O portão estava entreaberto, e ele espiou lá dentro por um momento antes de entrar. Mas bem nesse momento, como se seguindo uma deixa, um grito dilacerante de mulher saiu da casa.

Um segundo grito se seguiu em rápida sucessão, de outra voz feminina, e Yunmo, assustado, parou onde estava. Um guincho saiu de sua própria boca quando ele viu uma cobra gorda, cheia de manchas, descer rumo a seus pés, se contorcendo como corda cortada. As duas moças que a jogaram para fora da cozinha, depois de levarem um susto enquanto preparavam o jantar para os trabalhadores, pareciam ainda mais chocadas do que ele.

"Ah, o que é isso? Que hora para aparecer alguém!"

"Oh, e eu não conheço você de algum lugar? O repórter? Me desculpe..."

Embora as mulheres tivessem se ajoelhado e inclinassem a cabeça até o chão, parecia não haver como diminuir a sensação de culpa delas. Yunmo viu a cobra deslizar para fora do jardim e entrar na floresta de aveleiras mais adiante. Só então um riso assustado saiu de sua boca.

"Por favor, não fale mal de nós. Deve ser a primeira vez que acontece com o senhor, sr. Repórter, mas aqui estamos acostumadas com esse tipo de coisa."

"Ah, não se preocupem com isso. Mas sem dúvida causou impressão. Não vou esquecer isso tão cedo!"

Mesmo fingindo rir, Yunmo sentia seu coração saltar. Para se acalmar, pegou a carteira de cigarros do bolso de trás das calças.

"Ainda está quente aí fora; entre e sente um pouco." A mulher rechonchuda abriu a porta do cômodo interno.

"Estou bem", Yunmo disse educadamente. "Antes de tudo, preciso falar com o camarada encarregado."

"Todo mundo sai para colher plantas comestíveis à tarde. Hoje cedo eles estavam tirando as últimas ervas daninhas da plantação de soja. Afinal, qual é o sentido de ter sal na cozinha se você não usar na comida? Está certo que a gente mora na montanha, tem uma despensa bem na porta de casa, mas as plantas não se colhem sozinhas."

"E até o encarregado precisa fazer isso?"

"Ai, quem consegue impedir que ele vá? É da natureza dele estar sempre na frente dos outros mostrando o caminho. Mas você não pode ficar aí de pé na soleira, então entre e sente."

A preocupação da mulher com seu conforto era sincera, e Yunmo não soube como recusar. A sensação que cresceu dentro dele ao se abaixar para entrar no "cômodo interno" acabaria o impressionando tanto quanto a cobra.

Como se estivesse entrando em uma casa chinesa, Yunmo não tirou os sapatos. O cômodo em que se viu era longo e estreito, como o interior de uma caverna. Uma espécie de tapete feito de casca de cerejeira cobria o chão, e havia pequenos troncos de madeira escura dispostos na parede dos fundos. Yunmo franziu a testa, e depois de uma pausa percebeu que eram travesseiros de madeira. Não havia como não se impressionar com a quantidade de mochilas penduradas dos dois lados, a ponto de mal deixarem visível algum trecho da parede. As mochilas, que evidentemente eram tudo que cada um tinha para guardar roupas e todo tipo de utilidade básica — em outras palavras, toda a "casa" da pessoa — eram duplamente impressionantes, por causa das diferenças de cor e tamanho.

A passagem que levava ao "cômodo externo", que parecia funcionar como cozinha-e-quarto-das-mulheres, ficava coberta por um pano branco manchado com molho de soja. O forte cheiro de fumaça pairava na sala, misturado ao do suor dos homens.

Yunmo ainda não tinha tirado os sapatos quando se empoleirou de lado na passagem, com as pernas escondidas de um lado. Sem qualquer motivo particular, ficou pensando qual dos travesseiros de madeira e qual das mochilas coloridas pertenciam a Ko Inshik. Mas não, claro que as coisas dele não estariam aqui. Como poderiam estar em um lugar assim, completamente exposto às intempéries, na verdade pouco melhor do que uma moradia da Idade da Pedra? No inverno, os ventos da Sibéria uivariam por essa sala, e no verão o ar ficaria denso e abafado, tomado pelo aroma do pólen vindo do sul.

Yunmo levantou e saiu do cômodo antes mesmo de ter fumado um único cigarro. O calor podia ser sufocante lá fora, mas mesmo assim ele preferia não ficar dentro daquela casa.

Só depois de a bola de fogo que era o sol de agosto mergulhar abaixo da copa das árvores a oeste é que começaram a voltar aqueles que tinham saído para colher, escorrendo da montanha sozinhos ou aos pares. Yunmo, que andava à toa entre as cabanas, encontrou Ko Inshik quando ele voltava do alto do milharal, onde as espigas douradas amadureciam bem. Inshik carregava um saco de juta cheio de plantas comestíveis da montanha. Parecia que Song tinha avisado sobre sua visita, pois Inshik estendeu a mão para cumprimentá-lo assim que o repórter se apresentou. Mas a mão de Inshik tinha perdido a branca maciez da época da indústria leve; também não era a mão de um responsável-técnico na fábrica de soja. Aquela mão tinha tantos nós quanto a raiz de uma árvore, com articulações salientes, manchadas por coágulos de sangue.

Depois de soltar a mão de Yunmo, Inshik tirou os óculos grossos e passou a limpá-los com a parte da frente solta de seu macacão, o que parecia ser um hábito. Naquele momento, o olhar de Yunmo recaiu sobre um fio de cobre vermelho que servia de costura para um dos botões da roupa do outro, mantendo-o no lugar. O fio era pavorosamente grosso; talvez ele não tivesse encontrado nada mais fino.

No futuro, quando seus pensamentos voltassem a Ko Inshik, a primeiríssima coisa que surgiria na mente de Yunmo seria o fio de cobre que prendia aquele botão.

"Deixe que ajudo a carregar isso", Yunmo disse, depois que Inshik recolocou os óculos e pôs o saco de plantas sobre um dos ombros.

"Está bem", Inshik concedeu. Yunmo segurou um dos cantos do saco e andou com passos deliberadamente lentos, comentando sobre coisas aleatórias.

Yunmo teve de tagarelar por um bom tempo para arrancar qualquer comentário de Inshik. Ele realmente não era de falar muito, como Song havia dito. Só que agora parecia que os olhos, que antes substituíam boa parte da fala, tinham perdido a capacidade de sorrir. Yunmo estava impaciente. Mesmo assim, sabia por experiência que esse era o tipo de trabalho de pesquisa que daria ao texto um toque firme porém delicado, como quando se arranca um galho de uma árvore ainda verde.

A regra valia principalmente para este caso, já que ele tentava obter informações de alguém que passou o dia inteiro dando duro sob um sol abrasador. A tarefa de fazer as perguntas básicas ficaria para depois que Inshik comesse. Mas, durante a refeição, os esforços de Yunmo também deram em nada. Em seguida, Inshik deitou a cabeça no travesseiro de madeira e pareceu que podia começar a dar algumas respostas, mas pouco depois sua contribuição já se resumia a uma artilharia de roncos ensurdecedores.

Yunmo não dormiu nem por um segundo naquela noite. O problema não era apenas o coro de roncos, a respiração pesada, o nariz fungando. Embora a porta tivesse ficado aberta, o ar na sala era turvo e abafado, o suficiente para fazer sua cabeça girar. Claro que isso era de se esperar, com trinta homens aglomerados em um cômodo baixo e estreito. Os dentes rangendo, os murmúrios exaustos durante o sono... De vez em quando Inshik se revirava e gemia como se estivesse sendo torturado, depois rapidamente voltava a seu ronco contínuo. Embora Yunmo tenha tentado todas as posições imagináveis, o sono sempre fugia dele, como se um fantasma desnorteador assombrasse sua mente.

Deve ser a primeira vez que acontece com o senhor, sr. Repórter, mas aqui estamos acostumadas com esse tipo de coisa. A voz da mulher soava em seus ouvidos, e ele chegou a imaginar que sentia a cobra se enrolando no tornozelo.

Uma coruja piou ali perto, como se estivesse gritando em algum lugar sob os beirais. Por fim, Yunmo acabou tendo de se levantar e ir para fora. Lá, o barulho irritante dos gafanhotos agitava a cena ao luar.

Yunmo andou para onde seus pés o levaram. Vagou em meio às árvores e à grama alta até seu corpo inteiro estar úmido de orvalho, e depois, à beira do campo de batatas, viu a fonte. O brilho branco da lua crescente flutuava na superfície trêmula da água. Yunmo pensou que essa devia ser a fonte em que Inshik dizia ver os rostos dos filhos toda manhã e toda noite. Mas certamente não eram só os rostos dos filhos que ele via, eram? Naquelas mesmas manhãs e noites, o rosto da esposa também deveria aparecer, a mulher que implorou para que ele trabalhasse duro pelas crianças, para trabalhar até voltar a seu antigo posto!

Yunmo sentou distraído perto da fonte até que os arredores brilhassem com a chegada da aurora. Por acaso, o primeiro homem a aparecer no córrego foi Inshik, carregando a escova de dentes na boca. Seu olhar deixava evidente o quanto ele lamentava por Yunmo não ter dormido bem. O repórter tinha acordado cedo assim porque a cabana era desconfortável demais para ele?

"Como eu poderia não ter ficado confortável?", Yunmo respondeu num tom alegre. "O ar é tão limpo e refrescante aqui." E sua felicidade não era falsa; a oportunidade de uma conversa tranquila com Inshik compensou a noite sem sono. Afinal, qual era o motivo de ele ter se empenhado para subir cem *ri* naquela montanha um dia antes, se não ver com os próprios olhos como os homens viviam e trabalhavam neste lugar? Ver para que servia todo o tremendo esforço de Inshik: para resolver o problema da pasta de grãos dos habitantes locais ou simplesmente para conseguir algum benefício pessoal? O objetivo final da pesquisa de Yunmo era confirmar o verdadeiro caráter desse homem, Ko Inshik. Até ali, porém, Yunmo não tinha conseguido nada.

Adiar não era uma opção. Quebrar o gelo era sempre difícil, mas ele precisava fazer isso, e não havia oportunidade melhor do que aquela. Inshik tinha acabado de escovar os dentes, e passou a lavar o rosto, jogando em si mesmo a água que borbulhava na fonte.

Yunmo foi até lá, sentou bem próximo a ele, e mergulhou as mãos na água.

"Ah — está fria!" Ele exagerou o espanto de propósito, e Inshik se virou para ele. "A água é sempre assim aqui? É bem mais fria do que no leito do rio, não?"

"Sim, e muito mais limpa." Dando algumas baforadas como se quisesse complementar sua resposta simples e direta, Inshik se levantou e pegou uma pequena toalha que trazia na cintura.

Yunmo ficou quieto na hora, mas depois, vendo que Inshik na verdade não ia dizer nada, voltou a falar.

"Vivendo aqui, desse jeito, você pensa na época em que trabalhou em Pyongyang?" Yunmo fez questão de perguntar isso com um tom de voz alegre, quase divertido, pegando o lenço enquanto seguia Inshik, que se afastava da fonte.

"Não tenho tempo para isso. Não tenho muita experiência com agricultura, então tenho muita coisa a aprender. É só nisso que penso."

"Claro. Você está ocupado resolvendo o problema da pasta de grãos da cidade."

"Não, não foi isso que eu disse..."

"Segundo o dr. Song, quando você chegou, camarada responsável-técnico, bom, é... o secretário-chefe chegou a falar sobre algum benefício... Você também não chega a pensar nisso?"

Yunmo deixou a questão no ar e olhou para Inshik de relance, pensando que talvez tivesse sido direto demais. Mas a expressão tranquila no rosto do outro seguiu absolutamente igual.

"Song está falando bobagem..."

"Não, mas não foi culpa dele. A culpa é minha. É que seja qual for o assunto, é difícil não falar demais na frente de um repórter."

"Não tem nada para falar. Eu não sou uma máquina que só sabe trabalhar; por que não ia querer receber um benefício e retomar meu antigo posto? Mas o trabalho que faço aqui não basta para garantir isso."

O silêncio entre os dois se estendeu, enquanto a brisa da manhã trazia o perfume das plantas em plena floração. O rosto de Yunmo corou quando ele comparou a resposta de Inshik, que fluiu com a facilidade da água que escorre da torneira, com a pergunta que ele teve tanta dificuldade para formular. A possibilidade de o homem à sua frente ser capaz de dissimular ou ser hipócrita era simplesmente nula. Caso a sinceridade com que Inshik se dedicava ao trabalho brotasse de algum tipo de motivação egoísta, suas mãos não teriam se transformado nessas garras grosseiras, e a dobradiça em seu portão não teria feito seu filho chorar.

O sol suave da manhã começava a revelar seu rosto em meio à neblina que pairava como uma cortina sobre a floresta a leste. Yunmo conseguiu terminar sua reportagem sem dificuldade, praticamente assim que deixou a área de cultivo. No entanto, na reunião municipal do Partido para crítica comunitária — obviamente as matérias de todo repórter deviam ser examinadas por vários grupos de censores, chegando mesmo ao nível provincial do Partido — a reportagem foi completamente rejeitada.

"Será que indivíduos que se desviam da linha do Partido são absolvidos da responsabilidade de trabalhar pelo bem de nossa sociedade? Pelo contrário, essa responsabilidade se multiplica. Como alguém que se autodenomina repórter pode estar tão longe do que se espera de alguém do Partido?" O significado do que o secretário-chefe disse era perfeitamente claro. Agora que a área de cultivo começava a apresentar resultados, o comitê municipal do Partido receberia a maior parte do crédito. Na visão dele, Ko Inshik só seguiu as ordens de seus superiores, e isso era uma punição, não algo digno de elogio.

Yunmo pensou simplesmente em abandonar a reportagem, mas a triste imagem do botão de Inshik preso por um fio de cobre continuou a atormentar sua mente. Ele acabou decidindo que a única escolha era se submeter, corrigir a reportagem para repartir os elogios do modo que o Partido exigia, e enviá-la ao jornal, e durante todo esse tempo praguejar contra o mundo do jornalismo, no qual teve a infelicidade de entrar...

4

Era um dia no fim do outono, um ano depois de a reportagem sobre Ko Inshik ser publicada no *Diário do Distrito*. Naquele dia, quando as árvores que tanto abundaram no verão se viam reduzidas a magros esqueletos, Yunmo fez uma segunda visita à área de cultivo. Naturalmente, o verdadeiro objetivo de sua visita era ver mais uma vez Ko Inshik. Poucos dias antes, o repórter passava em frente a uma loja de alimentos no centro da cidade quando ouviu por acaso uma conversa entre duas mulheres respeitáveis que o fez parar de imediato. Embora elas estivessem apenas reclamando de como a vida andava dura, com o suprimento de arroz sendo reduzido a cada mês, e sem que houvesse mais pasta de grãos, Yunmo não conseguiu simplesmente deixar aquilo de lado. Como jornalista, ele sempre sentia uma espécie de compromisso não só com seus textos, como também com a pessoa, o evento ou o processo que havia pesquisado para a reportagem. O problema da pasta de grãos de início pareceu completamente resolvido, graças ao fato de a área de cultivo de Inshik ter produzido o equivalente a dois ou três anos de matérias-primas. Agora parecia que o estoque tinha se esgotado. Mas seria possível que o terreno tivesse parado de fornecer novas colheitas?

Yunmo sabia qual era a causa por trás daquilo: a situação no país como um todo piorava dia a dia, o que levava a uma diminuição no fornecimento que a cidade recebia do estado; para piorar as coisas, os danos causados por tempestades — que haviam se tornado uma ocorrência anual — afetaram duramente a produção da área de cultivo. Yunmo sabia disso havia algum tempo, claro, mas ouvir outras pessoas da cidade ousando dar voz a seus problemas, ainda que apenas por meio de murmúrios, convenceu-o de que ele não podia ficar simplesmente sentado assistindo àquilo, e que era preciso voltar à área de cultivo.

Mais do que qualquer outra coisa, ele estava curioso para saber como Inshik se saíra nesse meio-tempo. Como conseguia cuidar dos filhos sem ajuda de uma esposa? Como cuidava de si mesmo? Este ano, de novo, as chuvas das monções erodiram boa parte da área de cultivo; imagine o tamanho do dilema de Inshik agora que não conseguia mais fornecer à fábrica a quantidade necessária de matérias-primas, levando a produção a parar completamente.

Yunmo apertou o passo ao se aproximar da área de plantio. Os picanços, os "pássaros do outono", remexiam matagais à beira da estrada em busca de frutos. Já a certa distância, era possível ver em meio às árvores as partes mais altas da área de cultivo, ao mesmo tempo em que a vista atrás de Yunmo mostrava a cidade espraiada lá embaixo como ruínas de um deserto. Valas profundas corriam aqui e ali em paralelo ao caminho que levava morro acima — Yunmo não se lembrava de elas estarem ali antes. Saltando sobre uma das valas, pensando que uma chuva de primavera devia ter tornado infrutíferos os campos de plantio, ele ouviu passos sobre folhas caídas na floresta de bétulas brancas ao lado da trilha.

No instante seguinte, um homem saiu do meio dos parreirais. Depois outro, e outro...

Cada membro do grupo levava uma mochila que parecia bem pesada, abauladas de tão cheias.

"Ei, você não é o repórter?", gritou um rapaz com um gorro alpino. "Chefe, veja, o repórter está aqui!"

"Quê?", veio uma voz de algum lugar em meio às árvores. Olhando mais de perto, Yunmo viu que eram os homens que trabalhavam na área de cultivo. Ele cumprimentou os que reconheceu de dois anos antes, reservando um cumprimento especialmente amistoso para Ko Inshik.

"Chefe, por que não usamos isso como uma chance para descansar um pouco?" O rapaz de calças azuis tinha uma voz animada, amistosa.

Limpando o suor da testa com o pulso, Inshik deu uma olhada no grupo. "Sim, por que não?" Ao ouvir isso, todos desabaram no chão, ainda com as mochilas nas costas. Depois de ajudar Inshik a tirar sua mochila pesada, Yunmo se sentou perto dele, tendo entre os dois uma moita de crisântemos selvagens cobertos pela geada. Um cheiro sufocante veio das costas empapadas de suor de Inshik e da mochila que ele tinha acabado de retirar.

Só então Yunmo conseguiu ver Inshik de perto, e ficou chocado com sua transformação. Ele estava tão diferente, na verdade, que se não fossem seus característicos óculos grossos talvez não o reconhecesse, mesmo assim de perto. O cabelo nas laterais era totalmente grisalho, e o rosto estava quase enegrecido pelo sol. Os cabelos eram negros apenas dois anos antes — Yunmo achou espantoso que agora fossem tão brancos.

Sem que se desse conta, o olhar de Yunmo buscou o botão no macacão de Inshik. Embora não fosse, claro, a mesma roupa que ele usava dois anos antes, havia um botão branco que se destacava em meio aos outros, pretos. Como Inshik estava maltrapilho, parecia um velhinho matuto! Por um tempo, o nó na garganta de Yunmo ficou tão apertado que ele não conseguiu dizer uma palavra sequer. Por fim, no entanto, alguém acabou falando com ele.

"Ei! Aquilo ali são cogumelos?" Era o rapaz com o gorro alpino, sentado a uns quatro ou cinco passos de distância. "Isso aí enrolado no lenço do seu lado, sr. Repórter?"

"Ah, isso? Sim, são cogumelos. Murcharam um pouco com a geada, mas ainda estão bons."

"'Bons'? Do que você está falando? Jogue isso fora, já!"

"Ah? Não são comestíveis, é?"

"Comestível ou não... Vai, conte para ele o que a gente passou. Ah, nosso chefe tem a boca tão fechada que às vezes é como falar com uma parede."

"Por que você quer contar essa história horrorosa?" Inshik tirou os óculos e começou a limpá-los com o tecido do macacão.

"Foi algum tipo de acidente, camarada responsável-técnico?"

"Sim, um acidente bem sério. Ouvi que na época você estava viajando a negócios."

"Sr. Repórter!", o rapaz de calça azul começou a falar, perdendo a paciência, parecendo agitado pela lentidão da fala de Inshik. "Uma das moças morreu por causa desses cogumelos, e todos nós podíamos ter ido pelo mesmo caminho!"

Yunmo estava chocado.

"Uma das moças? A mais gordinha?"

"Essa mesma. A que atirou uma cobra nos seus pés!"

"Verdade, camarada responsável-técnico?"

"Verdade." A voz de Inshik era quase um gemido. "A moça nova que veio trabalhar com ela não sabia a diferença entre os cogumelos, e pôs cogumelos vermelhos numa fritada de vegetais. Ah!"

"E a outra mulher morreu? Então esses cogumelos vermelhos são venenosos? Mas então é uma sorte que todos vocês não tenham tido o mesmo destino?" Yunmo olhou para cada membro do grupo de Yunmo, um a um.

"Sim, foi sorte. Ficamos bem doentes, mas melhoramos. Não fosse assim, seria uma morte em massa."

"Mas se vocês acabaram de se recuperar de um problema grave como esse, por que estão andando assim por aí? Com essas mochilas pesadas?"

"O Partido mandou colher bolotas."

"Bolotas?"

"O suficiente para compensar a colheita perdida deste ano." Yunmo acenou com a cabeça, em silêncio, mas depois abriu a boca para perguntar, "Quantos quilos vocês coletam por dia, desse jeito?"

"Nós nos dividimos em seis grupos, e cada membro do grupo coleta vinte quilos. É difícil, mas são as ordens."

Ao ouvir essa resposta, Yunmo voltou a olhar para o grupo. Provavelmente por causa das andanças no terreno inclinado e irregular da montanha, o forro branco dos macacões já aparecia em alguns lugares. As mãos estavam cobertas de cicatrizes e arranhões, e alguns tinham feridas do mesmo tipo no rosto.

Talvez em resposta ao olhar de compaixão de Yunmo, Inshik abriu a boca para fazer uma autocrítica.

"A culpa é minha. Quando o pai erra, os filhos também sofrem, não é?"

"Chefe, seu único erro é justamente esse", protestou o sujeito com o gorro alpino, "dizer o tempo todo que tudo é culpa sua! Sr. Repórter, nosso chefe agora tem de substituir o solo da área produtiva que foi levado pelas chuvas. As autoridades da cidade exigem uma colheita mas não levantam um dedo para ajudar. Chefe! Você acha que as tempestades são culpa sua, também? Hein? Eu realmente não entendo por que precisamos sair catando bolotas assim."

"Dae-seok! A gente já não falou disso? Não importa de onde a ordem veio, a gente precisa catar as bolotas para fazer pasta de grãos, como se fosse para nós mesmos."

"Ótimo, mas e o comportamento do *jidowon* do Partido que veio aqui esses dias? Ele tratou você como um moleque, e na frente de todos nós..."

"Dae-seok!"

"Sr. Repórter! Escute o que eu vou dizer, e não pense mal de mim. Vendo a dedicação do nosso chefe, todos nós estamos dispostos a catar bolotas e melhorar o solo, por ele. Mas as pessoas em cargos mais altos não têm ideia do duro que damos aqui..." Yunmo deixou escapar um suspiro pesado e o homem imediatamente fechou a boca. Ele olhou para Yunmo e para Inshik, estudando suas fisionomias. As bocas bem fechadas, os olhos piscando rapidamente... Era evidente que as palavras dele, francamente críticas ao Partido, deixaram os dois desconfortáveis. O rosto dele enrijeceu. Mas aí sua atitude passou por uma transformação completa.

"Mas tudo vai dar certo no fim, chefe! E por isso, vou cantar uma música para você."

Os brotos de soja
Só esperam a chuva suave
E a minha Chun-hyang com seus lábios de cereja
Só espera seu jovem senhor.
Viva! Viva!

O grupo irrompeu numa sonora gargalhada. Mas o rapaz foi em frente, ainda com cara séria, "Mas falando sério, chefe, quem seria nossa Chun-hyang?" De algum lugar na relva ele catou uma bolsa de tabaco. "Ela está impaciente esperando a volta de seu jovem senhor, que deve retornar a qualquer momento. Eu. Exatamente como na música."

"Dae-seok!" Inshik interrompeu. "Por que não pede um favor ao repórter?"

"Qual favor?", Yunmo perguntou.

"Uma bexiga de javali selvagem. A mulher dele acabou de ter um bebê."

"Ah, é mesmo?" Yunmo se virou para o rapaz. "Levo para ela se for um menino. Caso contário..."

"Hahaha, então isso é um sim ou um não?"

Essa segunda rodada de gargalhadas fez voar um pássaro da montanha que estava escondido nas árvores.

"Muito bem. Neste caso, me dê aqui." Yunmo estendeu a mão para o rapaz. "Agora, camaradas, estou disposto a ajudar de todo jeito que eu puder a trocar o solo da área de plantio. Mas isso fica para depois. Por enquanto, vou me empenhar para entregar essa encomenda o quanto antes. É outro jeito de ajudar vocês."

"Ah, obrigado... de verdade, obrigado", o rapaz disse, entregando o pacote para Yunmo. "Na verdade, foi o chefe que pediu a um caçador para arranjar isso para a minha mulher. Por favor, conte isso para ela também."

"Ah! Entendo. Mas preciso saber como encontrar a sua casa."

"Isso é bem simples. Lá embaixo naquela cidade em que você mora, já viu alguma coisa que lembre um cogumelo vermelho?"

"Um cogumelo vermelho? Sim, vi!"

"Minha casa fica bem atrás desse prédio, do prédio que parece um cogumelo vermelho — ou seja, da sede municipal do Partido."

"Já chega, Dae-seok!" Inshik olhou para o rapaz como se estivesse constrangido.

"Eu disse algo errado?"

"Você sabe muito bem..."

"Ah! Você diz a comparação da sede do Partido com um cogumelo vermelho?"

"Isso. Por que comparar aquele prédio com um cogumelo vermelho horroroso?"

"Haha, pense bem, camarada responsável-técnico", Yunmo disse, "ela parece mesmo um pouco um cogumelo vermelho, não parece?"

"Bom, acho que agora que você falou..."

De algum lugar na floresta, ouviu-se o grito inquieto de uma gralha. Uma rajada de vento de fim de outono soprou suave, ondulando os crisântemos entre Yunmo e Inshik, que emprestavam sua beleza à cena mesmo após uma geada pesada. Como se o vento avisasse àquelas flores que um duro inverno estava a caminho, vindo de trás das montanhas distantes...

5

"Vai em frente, você toma primeiro."

"Não, você primeiro."

Song empurrou a tampa da garrafa térmica de novo para Yunmo. Sobre o jornal aberto entre os dois havia um prato de pasta de grãos e duas fatias de pepino fresco. A agitação de Song tinha diminuído um pouco, e Yunmo começou a insistir que ele tomasse o que já tinha servido; talvez, naquele momento, já tivesse levado a garrafa à boca mais do que devia.

"Yunmo, me conte alguma coisa em vez de ficar aí só suspirando como um par de foles. Tem alguma coisa que a gente possa fazer?"

Yunmo não respondeu. Song resmungou. Só então, como se alguém o obrigasse, Yunmo abriu a boca.

"Song! Lembra o que você me disse há um tempo?"

"Do que você está falando? Eu não lembro."

"Você disse que se estiver jogando contra uma família da casa vermelha é melhor desistir mesmo se estiver com uma mão melhor."

"Ah, você está falando de quando veio me procurar por causa da história com o seu filho? Mas por que você voltou nisso agora?"

"Não me entenda mal. Não guardei nenhum rancor por você não ter conseguido me ajudar na época. Mas você lembra qual era o problema? Nosso Song-chol tirou cem no exame de admissão da faculdade, uma nota magnífica, claro. O filho do secretário de organização do Partido local tirou setenta e dois, mas apesar disso, foi o escolhido para entrar na Universidade Kim Il-sung — escolhido em detrimento do nosso filho. Só agora percebi que o que você disse na época estava totalmente certo, cem vezes certo; que mesmo se você tivesse tentado me ajudar seria em vão. E isso me faz pensar sobre o que você me disse na época... Você acha que os serviços de segurança prenderam seu tio por iniciativa própria?"

"Claro que não. A decisão deve ter saído da casa vermelha."

"E mesmo assim, sabendo disso, você quer fazer alguma coisa?"

"Que escolha eu tenho?"

Yunmo ficou em silêncio. Vendo que o outro não tinha nada a acrescentar, Song pegou de novo a tampa da garrafa térmica que tinha acabado de empurrar, levou à boca, e bebeu até a última gota.

"Yunmo! Tem uma coisa que eu quero te contar. Tem outra razão para eu não ter podido te ajudar na época, e não só porque não ia fazer diferença."

"Você já está bêbado?"

"Não, escute. Estou falando de uma acusação, uma denúncia. Não conte para mais ninguém."

"Uma denúncia!"

"Escute... Eu sabia muito bem por que eu fui a pessoa que você escolheu para visitar naquele dia. Não foi tanto pela minha influência, exatamente, mas porque você tinha esperança de que eu falasse com alguém num posto mais alto. Sabe de quem estou falando, não sabe? A mulher do secretário-chefe. Todo mundo sabe que sou um favorito dela, da mulher que a província inteira conhece como 'Secretária-Chefe Nº 2'. Seja qual for a razão, essa mulher se interessou por mim, a ponto de encontrar um posto para minha mulher só porque gostava de mim. Isso ficou totalmente claro, mesmo para quem era de fora. Como você, por exemplo, que achou que se eles estavam do meu lado, seria possível fazer o secretário-chefe se opor ao secretário de organização. Certo?"

"Bom, mas e daí?"

"O que você não sabia é que na época eu já tinha perdido a proteção dela. Você não tem ideia, confie em mim. Uma história suja..."

"Mesmo? Então você tinha tido problemas?"

"Eu estava indo para casa depois do expediente quando recebi uma ligação da 'Secretária-Chefe Nº 2' implorando que eu fosse até a casa dela. Fui. Toquei a campainha, ela saiu para abrir o portão pessoalmente, depois voltou para dentro e deitou na cama. Uma cama de casal sensacional. Eu já tinha visitado o secretário-chefe várias vezes, mas mesmo assim preferi ficar para trás. Certo, ela era dez anos mais velha do que eu, mas mesmo assim eu não gostava nem de pensar na ideia de nós dois sozinhos no quarto. Aí ela começou a reclamar de como a vida dela é difícil, com o marido sendo chamado de novo pelo comitê provincial do Partido para responder a reclamações sobre o fornecimento de pasta de grãos, e com o filho fora em um acampamento militar, dando a entender que estávamos sozinhos na casa. Entendi o que ela queria com aquela conversa aparentemente sem sentido — queria que eu soubesse que só nós estávamos na casa. Era evidente que ela estava sugerindo alguma coisa."

"Espere — o secretário-chefe tinha sido convocado pelo comitê provincial por causa do problema com a pasta de grãos?"

"Na verdade era a segunda vez, mas claro que você não tinha como saber."

"Duas vezes, no comitê provincial! Então o problema era grave assim..."

"É por isso que você precisa escutar minha história primeiro. Independente de onde ela quisesse chegar, eu tinha que cumprir meu dever de médico, por isso abri a valise. Ela me ofereceu um cigarro, disse que provavelmente eu precisava de um, já que me fez ir lá assim às pressas. Pegou uma carteira de cigarros de primeira qualidade na mesinha de cabeceira, como se tivessem sido colocados ali de propósito, e passou para mim.

"Recusei educadamente e comecei a perguntar o que ela sentia. Ela disse que o estômago estava incomodando um pouco desde o almoço, e, apesar de eu nem ter pedido, tirou a blusa, e até baixou um pouco a saia. Estava exibindo os seios rijos e a barriga branca; com certeza era a abundância de carne que ajudava o corpo dela a manter uma aparência macia, jovem. Comecei a examinar com o estetoscópio, mas não encontrei nada diferente. Examinei de novo percutindo, mas o resultado foi o mesmo.

"Então comecei a fazer pressão nos órgãos internos, quando de repente ela agarrou meu pulso com as duas mãos, passou um braço pela minha cintura e me puxou para perto, ofegando, 'Oh, dr. Song, oh, dr. Song'. Eu recuei, afastei o braço dela como se fosse uma lagarta pendurada no meu corpo, e dei um passo para trás. Foi aí que ela parou com a encenação. Por que eu tinha recuado? Ela queria saber. Porque tinha medo do marido dela? Não havia motivo. Eu não tinha que me preocupar com aquele velho, que só queria saber de menininhas.

"Ela disse meu nome ofegando de novo. Sem tempo para pensar direito, saí às pressas do quarto. Bati o portão, ainda com o estetoscópio nas mãos, depois fui obrigado a me abaixar onde estava e cuspir no chão. Foi a falta de pudor dela, a presunção, mais até do que a luxúria animal que fez eu me sentir sujo. Só por ser casada com um alto funcionário da casa vermelha ela achou que podia fazer o mundo inteiro ceder a seus desejos, como se fosse Deus. Yunmo! Você acha que eu ia conseguir dizer essas coisas vergonhosas para mais alguém? Então veja, quando você veio me falar do seu filho, eu estava ocupado lidando com aquela vergonha, sozinho... Estava convencido de que em poucos dias ia ser demitido do meu cargo de médico."

Yunmo bruscamente caiu numa gargalhada. Os olhos de Song se arregalaram de surpresa.

"Então o que você está me dizendo é que as mulheres da casa vermelha podem transformar qualquer homem em 'concubino'?"

"Deixe disso. Não virei escravo sexual dela."

"A casa vermelha! Não tem nada que possa competir com isso." Yunmo pôs a mão no coração. "Como fui tolo de ir procurar você. Que tolo!"

"Mas eu não vim procurar você agora numa tolice do mesmo tipo? Na verdade, esse incêndio dentro de mim... Não consigo apagar..."

"Song! Se contenha. As coisas já estão acontecendo. O que você ganha por ficar se atormentando? Olhe, veja isso aqui!" Yunmo pegou o bloco na mesa e segurou para Song ver.

"O que é isso?"

"Você não tem olhos? A fábrica de pasta de grãos da cidade de N volta aos níveis normais de produção."

"Já chamam você de 'sr. Repórter Loroteiro'; você tem certeza de que vai manchar ainda mais a sua reputação escrevendo um absurdo desses?"

"Mas é verdade que, neste exato momento, os tanques da fábrica estão fermentando pasta de grãos. A casa vermelha bolou um esquema para usar ração de gado como insumo. Como o responsável-técnico da fábrica, que era a causa direta da escassez, foi removido, vai ser necessário que todas as pessoas da região recebam pasta de grãos, não é? Eles precisam provar que não foi um erro do Partido, que foi um erro dos funcionários, entende?"

"Entendo. Então é nesse pé que as coisas estão?"

"Isso. Eu mesmo acabei de perceber, quando ouvi você dizer que o secretário-chefe foi convocado duas vezes para comparecer no comitê provincial do Partido. O corvo voa, e a pera cai, como dizem; foi exatamente isso que aconteceu com o seu tio!"

"Tem razão — é óbvio."

"Então para quem podemos reclamar? O tribunal geral? O departamento jurídico do Comitê Administrativo? Ha! Constituição, administração, legislação — nós dois sabemos que a casa vermelha controla todo tipo de lei com pulso firme."

"Ah! Por que fui me meter nisso?" Song explodiu, loucamente agitado, batendo no bolso em que ficava sua carteirinha de membro do Partido. "Por que me tornei uma dama de companhia na casa vermelha, de livre vontade?"

"Por que você foi iludido por uma máscara, uma fachada, como eu. Enganado por aqueles slogans — 'Igualdade'; 'Democracia'; 'O Povo Escreve sua História' — que pareciam bonitos na superfície, mas que traziam a faca da ditadura escondida."

"Você tem razão. Em toda a criação, a regra é que as coisas mais venenosas têm sempre uma aparência boa e amistosa."

"Isso é verdade. Como cogumelos venenosos!"

"Ah, isso é demais! Como a gente pode ficar aqui parado, quando estão fazendo mal a um homem inocente bem diante dos nossos olhos?"

Song agarrou sua roupa e arrancou os botões. A imagem de Ko Inshik, que naquele momento devia estar sentado em uma cela algemado, apareceu na mente de Yunmo, e ele saltou indignado da cadeira. Ele abriu as cortinas e tentou conter as lágrimas enquanto olhava na direção do presídio dos serviços de segurança.

Um véu de nuvens negras cobria o céu — podia haver uma tempestade a caminho. A cortina voou com os ventos fortes, parecendo que ia rasgar.

6

A audiência do caso de Ko Inshik aconteceu em um estádio no sopé da montanha. Desde o começo da manhã, um fluxo contínuo de pessoas começou a fazer filas na ponte Seongcheon e na entrada do local: uma mistura de funcionários públicos, empregados de fábricas e cidadãos comuns. Eventos desse tipo sempre contavam com plateias organizadas desse mesmo modo.

Quando o relógio marcou dez horas, os juízes vieram enfileirados e assumiram seus assentos num pódio construído para a ocasião. Até aquele momento, Inshik, algemado, tinha sido mantido em pé ao lado do veículo usado para transporte de criminosos, estacionado atrás do pódio; agora, vários seguranças o arrastaram até a plataforma. Logo a seguir, a acusação da promotoria foi lida. Não era muito longa.

> Nesses tempos difíceis, quando a situação das provisões em todo o país piora devido a uma frente fria, a criação de uma área de cultivo para fornecer matéria-prima à fábrica de soja era uma questão importante. O comitê municipal do Partido confiou essa tarefa a Ko Inshik. Nos primeiros dias à frente da missão, Ko Inshik trabalhou com tal diligência que seu nome chegou a ser citado no jornal. No entanto, a negligência e a irresponsabilidade que ele demonstrou em relação a seu trabalho desde então gradualmente

foram ficando aparentes, assim como o fato de que seus esforços iniciais eram uma tentativa hipócrita de limpar seu histórico. Nenhuma medida foi tomada para lidar com as tempestades anuais, e noventa mil *pyeong* da área de cultivo foram quase totalmente destruídos recentemente. Como consequência, o fornecimento de matérias-primas à fábrica de soja foi interrompido, e os habitantes de nossa cidade não puderam receber suas rações de pasta. Além disso, como o indivíduo em questão se escondeu confortavelmente na distante área de cultivo, as tarefas que ele deveria supervisionar na fábrica, incluindo o desenvolvimento de novas tecnologias, ficaram estagnadas. O acusado vem vivendo em um "doce reinado" na montanha, fora do alcance do controle do partido, onde sua incapacidade de gerir até mesmo seus próprios homens em última instância levou uma camarada revolucionária a morrer por comer cogumelos venenosos.

O que não se pode ignorar é que, apesar de ter sido enviado por Pyongyang por falsificar a história de sua família, o acusado não se mostrou capaz de compensar a confiança do Partido, amplamente demonstrada pelo fato de se ter dado essa posição extremamente importante a uma pessoa com seu histórico. Em vez de demonstrar a maior lealdade possível, que seria a única resposta adequada, o acusado se mostrou descontente e cometeu os crimes acima detalhados, levando ao nosso povo problemas que o Partido sofre ao testemunhar. Por essa razão, a punição deve ser ainda mais severa.

Esse era o conteúdo integral da acusação. Não havia advogado de defesa. Qualquer advogado que defendesse um elemento antirrevolucionário que perturbou a tranquilidade do povo seria também acusado. A plateia sabia muito bem como funcionavam esses julgamentos no país — ninguém esperava um advogado de defesa.

Sentado no pódio, o juiz que presidia a sessão olhou para Ko Inshik e deu início ao interrogatório.

"Acusado! Você reconhece as acusações feitas contra você, Ko Inshik?"

O olhar coletivo da plateia passou para Inshik como se fosse uma onda gigante crescendo no mar. O olhar que ele tinha no rosto naquela hora! Os lábios se contraíram silenciosos como os de um imbecil, e os olhos desfocados se voltaram para um lugar acima das cabeças na plateia, na direção das ruas centrais da cidade. Mas ninguém sabia dizer para qual lugar exatamente ele olhava: a sede municipal do Partido — o cogumelo vermelho.

"Ele parece estar fora de si!" Uma onda de agitação cresceu no estádio, mas diminuiu, como acontece com as mudanças do mar à noite, no instante seguinte.

"Silêncio! Acusado, você está ouvindo?" Sem resposta.

Apesar do esforço que fazia para se controlar, Yunmo sentiu um som áspero que vinha de dentro de si fazer pressão sobre seus lábios bem fechados. Que resposta Ko Inshik poderia dar? Desde os primeiros dias em que começou a trabalhar para preparar a área de cultivo, quando seus olhos se enchiam de água ao ver o carvão que era seu único meio de acender fogo; quando machucou as mãos puxando raízes de árvores e fazendo pedras rolarem; naquela manhã em que, com o coração pesado, saiu atrás de um javali selvagem, imaginando os incensos que seus filhos acenderiam na mesa de oferendas da mãe; naquela outra manhã quando escapou por pouco da morte, abrindo os olhos deitado no travesseiro de madeira depois de ser afetado pelos cogumelos venenosos; naqueles dias e dias sem fim em que saiu à cata de bolotas e trabalhou para recuperar o solo erodido — em todos esses dias, sem falta, de maneira altruísta ele cultivou flores de consciência em seu coração!

Essas flores agora tinham sido atingidas por um relâmpago que, em plena luz do dia, amassou seus caules — como Inshik podia esperar que voltassem a ficar em pé? Ele teria sorte caso seu coração não explodisse no peito, levando-o a desmaiar diante de tamanha injustiça!

Os que estavam sentados tão perto de Inshik quanto Yunmo ouviram-no murmurar, "*Tem* um, *tem* um", sacudindo as mãos algemadas para mundo todo como se tentasse arrancar uma erva daninha. Então, parecendo feliz por completar uma tarefa, inclinou a cabeça de novo para ver o céu e deu uma gargalhada comovente.

Amplificada pelo microfone que estava diante dele, a gargalhada ressoou no estádio, causando calafrios na plateia. Eles olharam para Ko Inshik mais atentamente, e viram que a expressão em seu rosto havia mudado. O rosto agora estava rigorosamente congelado, desmentindo a gargalhada que acabava de emitir. Inshik estendeu as mãos algemadas diante de si como se tentasse pegar algo. Desta vez, sua voz não saiu alta nem suave, era um murmúrio que ao mesmo tempo berrava.

"Lá está... continua lá! Por favor, vão lá e arranquem aquele cogumelo vermelho. Aquela coisa pavorosa — lá! Por favor, vocês estão me ouvindo?"

A plateia se agitou outra vez, e alguém no pódio bateu em uma mesa pedindo silêncio.

"O que aconteceu com ele?"

"Deve ter ficado doido."

"O que ele disse sobre um cogumelo vermelho? Do que ele está falando?"

Mas ninguém na cancha conseguiu adivinhar do que Inshik estava falando, exceto por Yunmo e alguns colegas de trabalho de Inshik na área de cultivo. A voz de Inshik repreendendo o jovem de gorro alpino, que comparou a sede municipal do Partido a um terrível cogumelo vermelho, soou claramente nos ouvidos de Yunmo.

Cogumelo vermelho! Para Yunmo, aquelas duas palavras simples, embora articuladas por uma mente perturbada, falavam de centenas, de milhares de outras palavras que deviam estar fervilhando dentro de Inshik naquele exato instante, consumindo-o como o fogo do inferno.

Agora que a consciência absolutamente imaculada de Inshik por fim reconheceu o cogumelo venenoso que havia criado raízes nesta terra, ele invocava uma força desesperada para arrancá-lo do solo, aquele cogumelo manchado pela fraude e pela opressão, pela tirania e pela pacificação.

O locutor se aproximou do microfone.

"Estejam informados de que, como o acusado parece não estar de posse de suas faculdades mentais, o julgamento de hoje será adiado". A voz do locutor ainda saía dos alto-falantes quando um grito agitado irrompeu em meio à multidão.

"Pai!"

O filho e a filha de Inshik abriram caminho até chegar à primeira fila da plateia num furor enlouquecido. Song, que estava sentado com eles, tentou conter os dois, em vão. A plateia, que tinha se levantado para ir embora, voltou a se sentar.

Embora o pai estivesse bem ali diante dos dois, as crianças não tiveram permissão para ir até ele. Correndo atrás do carro que transportava criminosos, asfixiadas por sua fumaça preta, as crianças chamaram o pai em vão, suas vozes cortando o coração de quem ouvia.

Depois de a plateia ir embora, uma única pessoa permaneceu debaixo do choupo branco em meio a um estádio que, exceto isso, estava totalmente vazio, com um lenço nas mãos. Yunmo. As lágrimas que ele reprimiu diante dos outros já não podiam ser contidas. Ele chorava por Ko Inshik, um homem que sacrificou tudo o que tinha, e que como recompensa viu serem arrancadas todas as suas esperanças.

O olhar de Yunmo estava voltado diretamente para a sede do Partido — o cogumelo vermelho — para o qual Inshik nitidamente olhou por sobre as cabeças da plateia. Quantas nobres vidas foram perdidas para seu veneno! A raiz de toda a infelicidade e de todo o sofrimento humanos era o espectro vermelho europeu que o sujeito com cabeça de leão e cachimbo na boca se gabava de ter plantado nesta terra, a semente daquele cogumelo vermelho!

Yunmo fechou os punhos com uma força esmagadora, sem conseguir parar de olhar para a chamada casa vermelha, ouvindo seu coração ecoar o grito terrível que Ko Inshik não foi capaz de soltar.

Arranquem aquele cogumelo vermelho, aquele cogumelo venenoso. Extirpem-no dessa terra, do mundo, para sempre!

3 de julho de 1993

POSFÁCIO

Como *A acusação* saiu da Coreia do Norte

Kim Seong-dong, colaborador do *Monthly Chosun*

A publicação na Coreia do Sul desta obra de ficção, que critica duramente o regime norte-coreano e o satiriza, escrita por um homem que ainda vive e trabalha sob este mesmo sistema, é algo inédito na História — nada parecido aconteceu nos sessenta e oito anos desde que a península foi dividida. Embora memórias e trechos de ficção escritos por desertores norte-coreanos, num tom igualmente crítico, tenham de fato sido publicados vez ou outra, todos foram escritos depois de seus autores fugirem para o mundo livre. Jamais se havia publicado uma obra denunciando o regime opressor e antidemocrático da Coreia do Norte escrita por alguém que ainda vive no país.

No manuscrito, *A acusação* consistia em setecentas e cinquenta folhas de papel, cada uma com duzentos ideogramas. As marcas deixadas pela pressão do lápis do escritor no papel são perfeitamente visíveis, e o papel desbotado é indício da longa gestação da obra. É um volume de contos, sete no total. Embora cada um trate de um incidente diferente, com seu elenco próprio de personagens, pode-se ver o volume como uma coletânea, com as histórias unidas por um grande tema — a crítica à era Kim Il-sung.

Sempre que chegamos ao final de um conto, vemos uma data — "3 de julho de 1993", por exemplo, escrita à moda coreana, com o mês antes do dia. Presumimos que isso indique a data em que o autor terminou o conto. "Relato de uma deserção", a primeira de acordo com essa cronologia, data de dezembro de 1989.

Cronologicamente, o último conto deste volume é "Pandemônio". Esse conto, que arranca a máscara de benevolência para revelar a brutalidade da ditadura de Kim Il-sung, data de dezembro de 1995; foi terminado após a morte do autodenominado Grande Líder. Assim, podemos ver que Bandi vem escrevendo por muito tempo ficção crítica ao regime norte-coreano, que mudou de mãos passando de Kim Il-sung para Kim Jong-il, e de Kim Jong-il para Kim Jong-un, sob cujo governo Bandi vive hoje.

Bandi é membro do Comitê Central da Liga de Escritores Chosun, a associação de escritores autorizada pelo regime da Coreia do Norte.* O instrumento mais significativo que o governo norte-coreano tem para controlar as artes, tanto no caso da literatura quanto no das belas-artes, é o Departamento de Propaganda e Agitação do Partido dos Trabalhadores Chosun, do qual Kim Jong-il foi declarado diretor mais ou menos na mesma época em que assumiu como sucessor. Os escritores, que obrigatoriamente devem se filiar à Liga Geral de Literatura e Arte Chosun, recebem orientações sobre quais são os temas adequados do Departamento de Propaganda e Agitação, um departamento que também censura suas obras. O Comitê Central da Liga de Escritores Chosun é uma organização subsidiária da Liga Geral de Literatura e Arte Chosun, específica para a literatura.

* Detalhes biográficos foram alterados para proteger a identidade de Bandi.

Esse sistema rigidamente controlado significa que o talento literário está longe de ser o único critério para se tornar um escritor na Coreia do Norte. Como acontece com todos os postos de prestígio no país, o que mais se leva em consideração são o passado da família e a posição social. As oportunidades para ter seu trabalho publicado são raras e acontecem em longos intervalos, e o espaço dedicado para a literatura nos jornais e revistas é pequeno, o que garante aos escritores que conseguem publicar um status bastante alto.

Kim Sung-min, que hoje trabalha na rádio Liberdade para a Coreia do Norte, com sede em Seul, fez sua estreia literária na Coreia do Sul com a publicação de doze poemas em 2004; antes de desertar, atuou ativamente como poeta e dramaturgo em sua Coreia do Norte natal, onde também era membro da Liga Geral de Literatura e Arte Chosun. O desertor Jang Jin-sung, que ganhou destaque com seu volume de poemas *Selling My Daughter for 100 Won*, foi outro.

Na Coreia do Norte, o caminho tradicional para se tornar escritor envolve ter seu trabalho publicado em um jornal ou uma revista editado pelo governo central. O próprio Bandi seguiu esse caminho.

Ele nasceu em uma província no nordeste da península coreana, Hamgyeong, que faz fronteira ao norte com a China e a Rússia. Era criança quando a Guerra da Coreia começou, a guerra a que os sul-coreanos se referem pela data de início, 25 de junho, e que os coreanos do norte apelidaram de "Guerra de Libertação da Pátria". Atraído para a literatura desde cedo, Bandi estava na casa dos vinte anos quando viu seus textos publicados pela primeira vez em revistas norte-coreanas e começou a construir uma reputação.

Mesmo assim, ele tentou deixar de lado o sonho de fazer carreira como escritor, escolhendo em vez disso viver em meio aos trabalhadores. Mas a literatura se recusava a deixar de fasciná-lo, e ele escreveu contos e poemas em todos os momentos ociosos que teve. Seu talento era simplesmente grande demais para que ninguém descobrisse. Estimulado pelo reconhecimento e pelo incentivo das pessoas mais próximas, entrou para a Liga Geral de Literatura e Arte Chosun, e logo passou a ser um contribuidor regular de vários periódicos.

No entanto, algo começou a incomodá-lo: a grande fome da primeira metade da década de 1990, agravada pelas enchentes, mas que tinha raízes em políticas econômicas desastrosas das décadas anteriores, a que o governo insistia em se referir pelo codinome obrigatório "O Árduo Março". Ao ver cenas de miséria e privação, em que muitos amigos e colegas morreram, Bandi refletiu profundamente sobre a sociedade em que vivia, e sobre seu papel como escritor. A força de um escritor, descobriu, é mais bem empregada quando ele escreve. E por isso começou a registrar as vidas levadas a uma morte precoce pela fome e pelas contradições sociais, e daqueles que foram forçados a abandonar suas casas e vagar pelo interior em busca de comida. Agora, quando Bandi pegava o lápis, era para denunciar o sistema.

Ao fazer isso, Bandi assumiu o papel de porta-voz das denúncias das misérias impostas ao povo pelo modelo de socialismo norte-coreano, um sistema cheio de contradições internas em que os indivíduos eram classificados de acordo com um status social determinado no nascimento e em que podiam ser condenados simplesmente por associação com terceiros. Um a um, ele colecionou exemplos em que cidadãos foram forçados a engolir essa dolorosa realidade, sem poder fazer qualquer reclamação, e costurou-os em seus contos. Cada um desses contos descrevia e denunciava uma situação real, o que pode ser difícil combinar com excelência literária; mas Bandi acreditou que era seu dever como escritor produzir uma obra cuja qualidade literária, em certo sentido, estivesse à altura da realidade dos eventos que descrevia. Desnecessário dizer que foi um longo e difícil processo.

À medida que o tempo passava, as histórias e os poemas se transformavam numa obra de tamanho considerável, ainda que limitada sempre à leitura de uma única pessoa — o próprio Bandi. Mesmo antes de pegar o lápis, ele sabia que, em sua sociedade, nenhuma outra situação era possível. No entanto, seguiu escrevendo, esperando pacientemente por um tempo em que as coisas fossem diferentes, em que sua denúncia do sistema norte-coreano pudesse circular livremente no mundo além de suas fronteiras. A realização desse sonho começou a acontecer com a deserção de uma parente próxima. A viagem do manuscrito é detalhada abaixo, e se baseia no testemunho de Do Hee-yun, representante da Coalizão de Cidadãos pelos Direitos Humanos dos Raptados e Refugiados Norte-Coreanos, em cujas mãos ele foi parar.

Em um dia como outro qualquer, uma parente de Bandi foi visitá-lo. Abordando o tema com cautela, ela avisou que dentro de três dias tentaria fugir para a China. O próprio Bandi pensou em fugir, mas, como sempre, desistiu por pensar na mulher e nos filhos. Porém, achou que a fuga da parente seria uma excelente oportunidade para tornar seus textos conhecidos fora do país. Ele descreveu para ela o conteúdo da obra, por achar que não haveria problema em revelar que se tratava de textos críticos ao governo para alguém que pretendia fugir do país, alguém suficientemente próximo para que ele pudesse confiar.

Nas mãos dessa mulher, que pretendia fugir da Coreia do Norte completamente sozinha, ele colocou o manuscrito dos contos e poemas que criticavam o sistema sob o qual ambos haviam sofrido. Mas como não havia garantia de que ela conseguiria escapar, e como eles não podiam arriscar que o manuscrito caísse nas mãos da polícia de fronteira norte-coreana, ela voltou de mãos vazias para casa naquele dia, prometendo mandar alguém buscar o manuscrito quando o trajeto de sua fuga estivesse definido.

Mais uma vez, Bandi teve de esconder sua obra — obra que ele estava determinado a tornar pública um dia — em algum lugar profundo, escuro. Vários meses se passaram.

Embora sua parente tenha conseguido passar pela fronteira da China, logo depois ela foi pega por um grupo de soldados chineses. Por sorte, os soldados repararam em sua boa aparência, tão diferente da que eles viam nos outros desertores que encontravam, e deduziram se tratar de alguém de uma família de boa posição social. Em vez de mandá-la de volta, eles exigiram um suborno de 10 milhões de wons norte-coreanos, ou 50 mil yuans (cerca de 7,5 mil dólares).

Ela explicou que não tinha o valor no momento e pediu permissão para entrar em contato com várias pessoas que poderiam lhe ajudar a conseguir o dinheiro. Enquanto a negociação ocorria, o comandante da unidade foi até Yanji, onde encontrou um sujeito do qual tinha ouvido falar, um blogueiro que escrevia sobre refugiados norte-coreanos. O comandante informou ao blogueiro que havia uma desertora em sua unidade e pediu que ele verificasse suas conexões, já que a intenção dele e dos colegas era soltá-la assim que recebessem o suborno.

Por acaso, o blogueiro era um velho conhecido de Do Hee-yun. Ao saber da situação, Do imediatamente se dedicou ao resgate da mulher, parente de Bandi, impedindo que ela fosse mandada de volta para a Coreia do Norte. Mas o valor em dinheiro, bastante considerável, era um problema; para Do, não era uma decisão fácil usar todo o dinheiro necessário para manter funcionando sua organização de direitos humanos. Depois de pensar muito, telefonou para uma pessoa que fazia doações eventuais para a causa, e explicou a situação. O homem emprestou 10 milhões de wons, pedindo que ele devolvesse mais tarde caso tudo saísse como esperavam. Com o dinheiro do suborno, Do conseguiu que a mulher fosse libertada e levada da China para a Coreia do Sul. Assim, ele se tornou parte da história da obra de Bandi.

Mas a conexão não aconteceu imediatamente. Depois de a mulher ser formalmente admitida na República da Coreia e enviada para o Centro de Apoio a Refugiados Norte-Coreanos, Do se esqueceu completamente dela. Afinal, ela era só mais uma desertora que ele tinha ajudado, e raramente essas pessoas voltavam a entrar em contato depois de deixarem o Centro de Apoio.

Desta vez foi diferente. Depois de sair do Centro de Apoio, a mulher entrou em contato com Do várias vezes, por iniciativa própria, e acabou conseguindo que ele fosse visitá-la em sua nova casa, numa cidade-satélite de Seul. Lá, ela entregou a Do um envelope com dinheiro, explicando que essa era a única maneira que tinha de expressar sua gratidão. Do se recusou a ficar com o envelope, sabendo que ela estava oferecendo parte do dinheiro que recebera como auxílio do governo para começar a vida no novo país.

Mas a mulher era tão teimosa quanto Do. Ela lhe pediu um favor, e que aceitasse o envelope como pagamento para cobrir os custos que teria. Quando Do perguntou que tipo de favor ela tinha em mente, o nome "Bandi" foi mencionado. A mulher disse, "Se eu tivesse fugido do país com aquele manuscrito, os soldados teriam encontrado e a essa altura tanto Bandi quanto eu estaríamos mortos", e "prometi a ele que ia conseguir uma maneira de tirar o manuscrito do país, portanto ele vai estar esperando". A mulher também explicou detalhadamente o status de destaque de Bandi como escritor oficial.

Do se viu tomado por uma estranha sensação, uma premonição de que estava diante de uma oportunidade que dificilmente voltaria a ocorrer. A mulher escreveu uma carta e pediu a Do que a entregasse a Bandi. Ele iria confiar na pessoa que estivesse com aquela carta, ela disse, a ponto de lhe entregar seu precioso manuscrito.

Ao sair da casa da mulher, levando tanto a carta quanto o envelope com o dinheiro, Do decidiu que precisava pelo menos fazer uma tentativa. Mas não era uma tarefa simples. Na época, a situação na fronteira andava complicada, e não seria fácil encontrar alguém que conseguisse viajar até onde Bandi morava sem ser interpelado.

E, na verdade, o plano poderia nem ter sido colocado em prática não fosse por uma daquelas coincidências incríveis que às vezes acontecem na vida. Um amigo chinês de Do contou que ia visitar um parente norte-coreano, que, por acaso, morava na mesma cidadezinha em que Bandi, o qual, graças a seu status social, também tinha sua casa. O amigo chinês também garantiu a Do que conseguiria visitar Bandi durante alguma refeição ou intervalo, e fazer com que a visita fosse breve o suficiente para não chamar a atenção. Do concordou com o plano, mas alertou o amigo que seria necessário esconder o manuscrito de Bandi colocando-o entre livros de propaganda norte-coreana como *Obras seletas de Kim Il-sung* ou *O legado das obras de Kim Jong-il*.

Vários meses depois da bem-sucedida fuga da parente, Bandi recebeu a visita do amigo chinês de Do, que entregou a ele a carta embalada numa sacola plástica.

Depois de ler a carta atentamente, Bandi pareceu se perder em pensamentos. Ele parecia hesitar se devia ou não confiar no mensageiro, mas depois de um tempo foi buscar o manuscrito no lugar onde o escondia. Mais tarde, o chinês descreveu o olhar de Bandi enquanto entregava o manuscrito como o de alguém que fosse compelido a agir daquele modo, "como se não fizesse diferença morrer desse ou daquele jeito".

E assim o manuscrito viajou pela China para chegar a Do, escondido nas *Obras seletas de Kim Il-sung*.

No momento em que escrevo isso, mais de 28 mil desertores norte-coreanos entraram na Coreia do Sul. Muitos escreveram livros desde então — memórias, poesia e ocasionalmente alguma ficção — criticando a sociedade norte-coreana e seu sistema falido de ditadura hereditária. Vinte e oito são membros da sede local da PEN International, o PEN Center para Escritores Norte-Coreanos no Exílio, fundado em uma assembleia geral da organização em 2012.

No 78º fórum literário da PEN International, realizado em setembro de 2012 na cidade de Gyeongju, na Coreia do Sul, Do Myung-hak falou de sua experiência escrevendo poesia na Coreia do Norte.

"Eu queria escrever poemas cheios de verdade, poemas que eu mesmo me sentia impelido a escrever. Em agosto de 2004, fui preso por um Bowibu e levado para as distantes montanhas Chagangdo. Os poemas satíricos, que escrevi meramente para me consolar dando expressão literária àqueles pensamentos, sabendo que jamais seriam publicados na Coreia do Norte, foram condenados como reacionários. Na prisão, os guardas me chutavam com seus coturnos até me deixarem quase morto. Era impossível dormir."

Do Myung-hak passou por essa agonia, grande demais para ser imaginada por quem vive no mundo civilizado, só por escrever poesia satírica; os textos de Bandi vão muito além da sátira — estão próximos de ser uma denúncia direta do sistema norte-coreano. Além disso, depois da morte de Kim Il-sung em 1994, Kim Jong-il instruiu os literatos norte-coreanos a escrever a "Literatura da Vida Eterna do Grande Líder" e logo começou a haver uma grande produção de poesia em homenagem à memória de Kim Il-sung. Mas mesmo num período como esse, o escritor Bandi recheava sua literatura com ridicularizações e denúncias contra o Grande Líder.

Eram textos que não podiam ser escritos sem que o autor arriscasse a própria vida. Arriscar a vida para resistir a um sistema de opressão pode ser interpretado como o equivalente a uma premonição de que o regime vai acabar. Nesse sentido, a literatura produzida pelos escritores da resistência que moram na Coreia do Norte, mostrando o rosto do país para o mundo, é em si mesma o início de uma agitação histórica, mostrando que as rachaduras da ditadura hereditária, que até aqui parecia uma fortaleza inexpugnável, começam a ser expostas.

A publicação sul-coreana do volume de contos de Bandi criticando o regime da Coreia do Norte lembra o caso de Alexander Soljenítsin, banido da União Soviética por criticar o sistema comunista em obras publicadas em outros países e que recebeu o Nobel de Literatura em 1970. Soljenítsin se alistou como voluntário no corpo de artilharia quando estourou a Segunda Guerra Mundial, e mandou uma carta a um amigo criticando Stálin. Quando isso foi descoberto, em 1945, Soljenítsin foi preso, e passou os oito anos seguintes no exílio, o que incluiu um tempo em um campo de trabalhos forçados. Depois de ser "reabilitado" em 1957, ele começou a escrever *Um dia na vida de Ivan Deníssovitch*, baseado em suas experiências naqueles oito anos de degredo, e, quando o livro foi publicado em uma revista literária russa em 1962, o autor se tornou conhecido no mundo todo.

Seu trabalho de estreia, no entanto, acabou sendo representativo do que iria acontecer com sua obra, já que a tendência de crítica ao modelo soviético impediu que os outros livros fossem publicados na União Soviética sem passar pela censura. Como protesto, Soljenítsin enviou uma carta ao Congresso de Escritores Soviéticos pedindo a abolição da censura. Em última instância, essa frustração o levou a publicar seu *Pavilhão de cancerosos* no estrangeiro, e esse acabou sendo um trabalho importante na decisão do comitê responsável pela escolha dos vencedores do Nobel. Quando suas obras se tornaram disponíveis fora da URSS, o Sindicato de Escritores Soviéticos expulsou Soljenístin, em 1969.

A publicação no exterior de *Arquipélago Gulag*, que expunha o funcionamento dos campos soviéticos de trabalhos forçados e se tornou seu outro trabalho de grande peso, levou Soljenítsin a ser banido de seu país natal, a URSS, em 1974.

Para um escritor, a perda da pátria pode ser grave como a morte. Mas, embora os dois tenham em comum a experiência de ter seu trabalho mais importante publicado apenas em um país que não é o seu, Soljenítsin parece ter se saído bem melhor do que Bandi, que precisou arriscar a vida para escrever. Soljenítsin pôde escrever usando o próprio nome, fazendo tudo às claras, e ter parte do trabalho escrito com sua identidade, criticando o regime sob o qual ele sofria, publicado em casa; a situação de Bandi não permite isso.

Em vez de tentar escapar da Coreia do Norte, Bandi enviou seu trabalho como emissário, arriscando a vida no processo. Certamente isso se deve à crença de que esforços externos poderão transformar a sociedade servil em que ele vive mais rapidamente do que as forças internas. Ao entregar seu manuscrito, Bandi disse que mesmo que sua obra fosse publicada apenas na Coreia do Sul, isso lhe bastaria. Essa obra deveria ser ouvida como uma súplica sincera que joga luz sobre o regime opressor da Coreia do Norte.

UMA NOTA DE DO HEE-YUN

Representante da Coalizão de Cidadãos pelos Direitos Humanos dos Raptados e Refugiados Norte-Coreanos

Bandi nasceu em 1950. Foi com seus pais para a China se refugiar durante a Guerra da Coreia. Passou a juventude naquele país, antes de voltar à Coreia do Norte, onde se filiou ao Comitê Central da Liga Chosun de Escritores. Sempre tendo demonstrado uma predisposição para a literatura, ganhou destaque em 1970, à medida que seu trabalho era publicado em revistas norte-coreanas.

O foco da escrita de Bandi mudou para sempre após a morte de muitas pessoas próximas a ele no chamado Árduo Março, que começou com o falecimento de Kim Il-sung em 1994. As experiências dessa época, que incluíram ver muitos norte-coreanos deixarem a terra natal simplesmente para poder sobreviver, fizeram com que ele resolvesse compartilhar com o resto do mundo um retrato da sociedade norte-coreana como ele a via. Embora a vida na Coreia do Norte fosse vivida por trás de uma cortina de ferro, Bandi se agarrou à crença de que chegaria a hora de sua literatura, e já tinha produzido uma obra de tamanho considerável quando uma parente que vivia na província de Hamheung foi vê-lo em segredo e revelou sua decisão de tentar escapar do país cruzando a fronteira com a China. Bandi sabia que não podia tentar fugir, pois tinha esposa e filhos, mas três dias depois, quando a parente foi embora, ele lhe entregou o manuscrito.

A parente que aceitou a tarefa de tirar o manuscrito clandestinamente do país explicou que, como não havia garantias de que ela conseguiria escapar em segurança, iria preparar sua rota de fuga e depois voltaria. Depois de fazer essa promessa, ela foi embora.

Embora tenha ficado desanimado, Bandi não tinha outra opção. Vários meses depois, um rapaz que ele não conhecia foi à sua casa e, sem dizer uma palavra, entregou-lhe uma carta envolta numa sacola plástica. O conteúdo da carta era o seguinte:

> Aqui é Myung-ok. Desculpe a demora. Cheguei a um lugar conveniente agora. Aquele que me ajudou a chegar aqui em segurança vai mandar alguém falar com você. Com minha carta. Quando receber, por favor, dê a ele o item que deu a mim da vez passada. Pode confiar nele. Como só nós dois sabemos, você me entregou dois itens daquela vez, você sabe. Já que também vai ter que tentar viver em um mundo bom no futuro, quando pensar na família que deixou para trás, vai derramar apenas lágrimas. Esse dia com certeza vai chegar. Querido, você e eu com certeza vamos nos encontrar de novo...
>
> Enquanto isso, fique bem.
>
> Myung-ok

Bandi hesitou por um momento antes de pegar o manuscrito do pequeno armário onde o mantinha escondido e entregá-lo ao rapaz, confiando na carta. O rapaz recebeu o pacote e partiu da casa imediatamente. O manuscrito que estivera com Bandi agora seguia para a Coreia do Sul, para uma terra de liberdade e esperança.

Agora, *A acusação* ganha o mundo pra iluminar a escuridão que recobre a Coreia do Norte, assim como um belo vaga-lume, o pseudônimo que escolhido por seu autor.

À GUISA DE AGRADECIMENTOS

(Poema sem título incluído no manuscrito de *A acusação*)

Cinquenta anos nesta terra ao norte
Vivendo como um autômato
Vivendo como um humano sob jugo
Sem talento
Com uma indignação pura
Escritos não com caneta e tinta
Mas com ossos banhados de sangue e lágrimas
Neste meu texto

Embora possam ser secas como um deserto
E ásperas como um pasto
Maltrapilhas como um inválido
E primitivas como ferramentas de pedra
Leitor!
Suplico que leia minhas palavras.

—Bandi

Este livro, composto na fonte Fairfield,
foi impresso em papel Avena 80g/m², na Edigráfica,
Rio de Janeiro, Brasil, março de 2018.